Mary Oliver Jones
Nest Merfyn

Ganed Mary Oliver Jones yn Lerpwl yn 1858 a bu farw yn 1893. Yn ei bywyd byr ysgrifennodd nofelau ar ystod eang o bynciau, ond yn enwedig nofelau hanesyddol. Roedd yn llais pwysig yn natblygiad y nofel Gymraeg hanesyddol ac ymhlith nofelwyr benywaidd mwyaf y Gymraeg yn y bedwaredd ganrif ar bymtheg. Roedd hefyd yn aelod blaenllaw o'i chymuned Gymraeg yn Lerpwl, ac yn enghraifft hollbwysig o gyfraniad y *diaspora* Cymraeg i lenyddiaeth ein hiaith.

Ymddangosodd *Nest Merfyn* gyntaf ar dudalennau *Cyfaill yr Aelwyd* yn 1892-3. Hwyrach mai dyma un o'r straeon ditectif cynharaf yn y Gymraeg. Y gyfrol hon yw'r tro cyntaf i'r nofel ymddangos ar ffurf llyfr, a'r gyfrol gyntaf o'i heiddo hi i'w chyhoeddi ers yr 1890au.

Llun y clawr:
Sven Richard Bergh (1858-1919)
Hypnotisk Seans (1887) (*Séance* Hypnotig)

Hawlfraint y Llun: Parth Cyhoeddus

Hawlfraint y testun diwygiedig yn y fersiwn hwn:
©Melin Bapur, 2024

Gyda diolch i Lyfrgell Genedlaethol Cymru.

ISBN:
978-1-7394403-6-7

Mary Oliver Jones

Nest Merfyn

Llyfrgell Gymraeg Melin Bapur
Golygydd Cyffredinol: Adam Pearce

Cynnwys

Rhagair
Y Nofelwraig o Birkenhead

Daniel Owen oedd yr unig nofelydd Cymraeg yn y bedwaredd ganrif ar bymtheg y mae ei waith yn werth ei ddarllen. Saernïwyd y syniad hwn yn nychymyg y Cymry hyd yn oed cyn i'r nofelydd o'r Wyddgrug farw, ac ail-adroddwyd y gosodiad, mewn termau tebyg iawn, gan feirniaid drwy gydol yr ugeinfed ganrif nes dod yn un o wirebau sefydledig ein llenyddiaeth: rhywbeth y gellid ei ddatgan heb ei gyfiawnhau, a'i ddefnyddio fel brawddeg agoriadol i ragair heb fod hynny'n beth dadleuol i'w wneud.

Fodd bynnag—ac nid dibrisio Daniel Owen mo'r bwriad yma, o bell ffordd—mae'r datganiad yn anghywir.

Cyhoeddwyd efallai rhyw gannoedd o nofelau ym mhapurau newydd a chyfnodolion chwarter olaf y bedwaredd ganrif. Hwyrach na fyddai mwyafrif darllenwyr heddiw yn gweld llawer o werth i lawer iawn ohonynt: ymhlith prif wendidau'r cyfnod yn gyffredinol gellid rhestru ieithwedd chwithig a gwallus; plotiau arwynebol, ystrydebol; defnyddio ffurf y nofel fel cyfrwng i roi traethawd ar ddirwest neu ryw gwestiwn moesol arall; gor-bwyslais ar 'fudd' a 'lles'; a chyndynrwydd i herio'r darllenydd. Fodd bynnag, â chymaint o gynnyrch, mae'n anochel y llwyddodd ambell i nofel ac ambell i awdur godi uwchben y llif; a byddai'n syndod efallai i ddarllenwyr Cymraeg heddiw faint o nofelau a gynhyrchwyd sydd o wir ansawdd, ond a aeth yn hollol angof, llawer ohonynt heb eu cyhoeddi eto ar ôl ymddangos mewn cyfresi yn y wasg. Chwaeth y cyfnod oedd wrth wraidd llawer o wendidau nofelau'r bedwaredd ganrif ar bymtheg; ond pwysig hefyd yw cofio mai chwaeth y cofnod achosodd i rai ohonynt fynd yn angof, ac mai chwaeth cyfnodau diweddarach hefyd a benderfynodd os oedd gan nofelau angof unrhyw siawns o gael eu hail-ddarganfod. O ddarllen y testunau hyn a'u cloriannu *ar eu termau eu hunain*, daw'n amlwg yn fuan iawn bod yma lawer yn y cyfnod i'w werthfawrogi a'i fwynhau y tu hwnt i'r llwybrau cyfarwydd. Un o amcanion *Melin Bapur* yw ailgyflwyno rhai o'r nofelau anghofiedig hyn i ddarllenwyr heddiw.

Rhywbeth arall sy'n bwysig cofio yw bod canonau llenyddol yn aml iawn yn anwybyddu lleisiau o'r ymylon, neu'n eu gwthio o'r neilltu; gan gynnwys lleisiau merched. Pan fu farw Mary Oliver Jones yn 35 oed yn 1893, collodd Cymru'r awdur rhyddiaith benywaidd gorau a gynhyrchwyd ganddi hyd y dyddiad hwnnw. Rhaid i ni arddel diffiniad ehangach o Gymru yn yr achos hwn, oherwydd nid oedd Jones yn awdures *Gymreig* yn yr ystyr mwyaf cyfyng: fe'i ganwyd yn Birkenhead a bu fyw ar lannau'r Merswy drwy gydol ei hoes. Mae'r ffaith i ardal ddiwydiannol yng ngogledd-orllewin Lloegr gynhyrchu prif awdures ryddiaith Gymraeg y bedwaredd ganrif ar bymtheg yn destament i faint a bywiogrwydd y gymuned Gymraeg a fu unwaith yn trigo yno.

Er mor ifanc oedd hi pan fu farw, bu Mary Oliver Jones yn gynhyrchiol dros ben yn ystod ei bywyd byr. Gweithiodd fel athrawes gynorthwyol a bu'n ddiwyd iawn ei hymdrechion yn rhinwedd y swydd honno i gynnal yr iaith Gymraeg yn ei chymuned. Roedd hi'n lled boblogaidd hefyd fel siaradwr a darlithydd yn ei hardal, ond digon naturiol mai ei gwaith ysgrifenedig sydd o'r diddordeb fwyaf i ni heddiw. Mewn cofiant iddi yng nghylchgrawn *Cymru* wedi ei marwolaeth, priodolwyd 27 o straeon iddi, naw ohonynt yn nofelau. Y cyntaf o'r rhain i ymddangos oedd *Claudia,* a enillodd gystadleuaeth yn 1880 yng nghylchgrawn *y Frythones,* cyfnodolyn Cranogwen (Sarah Jane Rees, 1839-1916).

Rhywbeth sy'n neilltuol o ddiddorol am Mary Jones oedd yr ystod eang ac unigryw o ddeunydd y bu dewisodd ei wneud yn destun nofelau, gan gynnwys hanes carwriaethol Dafydd ap Gwilym a Morfudd (*Y Fun o Eithinfynydd*, 1893) a therfysgoedd Beca yn *I lawr â'r Tollbyrth!*, 1887). Nodwedd arall o bwys (a rhywbeth sy'n rhoddi iddi gryn ddiddordeb a phwysigrwydd llenyddol heddiw) yw mai profiadau a safbwyntiau merched yn aml a gawn yn ei nofelau: dylanwad Cranogwen hwyrach, neu'r hyn a ddenodd Cranogwen ati yn y lle cyntaf.

O gofio'r ddwy agwedd yma ar ei gwaith, nid rhyfedd mai Mary Oliver Jones efallai oedd y nofelydd cyntaf yn Gymraeg i ysgrifennu stori y gellir ei leoli'n lled ddi-ddadl o fewn y *genre* trosedd, sef *Nest Merfyn*; nid rhyfedd chwaith mai profiad merched o drosedd a gawn yn bennaf yn y nofel honno.

Er cydnabod ei natur arloesol yn ei chyd-destun, ni ellir hawlio bod *Nest Merfyn* yn gampwaith o *genre* y *police procedural*. Mae'r ffordd y mae hanner gyntaf y stori'n cyflwyno'r dirgelwch i'r darllenydd yn ddigon crefftus, ac yn tystio bod yr awdur yn lled gyfarwydd â chonfensiynau'r ffurf; ond digon siomedig yw'r *denoument* yn y pendraw: cyflwynir cymeriad hollol newydd sy'n clymu holl fanylion y dirgelwch at ei gilydd yn ddigon twt, heb gynnig unrhyw gamarwain i ddrysu ac adlonni'r darllenydd.

Mwy diddorol o lawer fodd bynnag yw sylwebaeth gynnil y stori ar rywedd. Mae ymdrechion chwithig William Merfyn i gael Nest yn wraig iddo, a'i brotestiadau o gariad, yn sicr yn arswydus o gyfarwydd i oes *#MeToo;* ond daw sylwebaeth y stori drwy brofiad ei phrif gymeriad o'r gyfraith gan fwyaf. Patriarchaeth lwyr oedd y gyfraith ar y pryd, ac mae Nest druan yn cael ei hysgubo drwy ei phrosesau heb ddiferyn o reolaeth nac annibyniaeth: hynny fyddai profiad cyffredinol merched o'r gyfraith yn y bedwaredd ganrif ar bymtheg. Er mwyn ei rhyddhau, rhaid rhwydo merch ifanc arall i gymryd ei lle, ac er ei bod hithau'n euog o'r drosedd y cyhuddir Nest ohoni ar gam, mae hi hyd yn oed fwy o ddioddefwr dan y batriarchaeth na Nest ei hun. Mae hanes Maria Reveré druan yn ddigon i dorri calon y darllenydd, ac mae Nest yn anesmwytho o weld dioddef ei chyd-ferch dan driniaeth y dynion y mae Nest ei hun wedi'u talu i'w rhwydo. Caiff ei gofidion eu diystyru gan y 'Professwr' mewn golygfa sy'n gwneud darllen digon anghyfforddus i ddarllenwyr heddiw, er nad hynny oedd y bwriad o reidrwydd.

Digon ceidwadol oedd byd-olwg Mary Jones yn y bôn, yn ôl ein safonau heddiw—cawn ein cynghori'n ddigon plaen mai annoeth yw i bobl briodi'r tu allan i'w dosbarth cymdeithasol, gyda'r awgrym mai hynny a arweiniodd at drallod Maria—ond fel portread byw o brofiadau merched o batriarchaeth, mae pŵer rhyfedd yn *Nest Merfyn* hyd heddiw.

A.P. 2024

Nodyn ar y testun:
Ymddangosodd *Nest Merfyn* yn nhudalennau *Cyfaill yr Aelwyd a'r Frythones* yn 1892 a 1893. Yn y gyfrol hon rydym wedi diweddaru'r iaith rhywfaint ac fe gywirwyd ambell wall neu amwyster, fel na fyddant yn amharu ar ddealltwriaeth na mwynhad darllenwyr cyfoes; fodd bynnag gwnaed ymdrech i gynnal gymaint â phosib o ieithwedd y testun gwreiddiol. Mae ambell droednodyn esboniadol wedi'i ychwanegu.

NEST MERFYN

I.
Ymweld â'r Meddyg

"Mae perygl, Dr. Lewis?"

"Oes, mae perygl, Mr. Mervyn. Gan eich bod yn gofyn i mi ddweud y gwir wrthych, rwyf innau'n ateb yn ddi-gêl. Ond peidiwch â dychryn: gallwch fyw i fynd yn hen ŵr deg a phedwar ugain oed, a marw o ryw afiechyd arall heblaw clefyd y galon, ar ddim allaf fi ddweud i'r gwrthwyneb ar hyn o bryd. Ond hyn: na fydded i chi frysio wrth gerdded, a cheisiwch osgoi pob peth a allai eich cyffroi, gan y gallai hynny brofi'n angheuol i chi unrhyw funud."

"Bûm yn bwriadu dyfod yma i ymgynghori â chi ers rhai wythnosau, ond yn oedi, oedi o hyd; ofn clywed y caswir, am wn i. Ond nawr, wedi clywed eich barn yn fy nghylch, rwyf yn teimlo'r baich wedi'i dreiglo oddi ar fy ysbryd, a gallaf fynd adref at Nest yn ysgafnach fy nghalon nag y bûm ers wythnosau."

"Sut mae Miss Mervyn? A wnewch chi ei hysbysu o'ch ymweliad yma?"

"Mae Nest yn iach, diolch i chi, ac rwyf yn meddwl y dywedaf y cwbl wrthi, rhag ofn ddigwydd y gwaethaf."

"Hynny fyddai ddoethaf."

"Wel, dydd da i chi, Dr. Lewis."

Aeth John Mervyn adref yn ysgafn ei galon, a llon ei ysbryd, ar ôl gadael tŷ'r meddyg; ac roedd Nest, ei ferch, yn llawenychu yn fawr wrth weld y wedd siriol oedd ar wyneb ei thad pan y daeth i mewn i'r tŷ. Roedd wedi sylwi fod rhywbeth yn pwyso ar ei feddwl ers tro, ond cymerodd yn ganiataol mai rhywbeth oedd yn ei flino yn y swyddfa oedd. Roedd y te'n barod ar y bwrdd yn disgwyl amdano, a bwytasant eu pryd gan ymgomio'n ddifyr am y naill beth a'r llall. Wedi gorffen, dwedodd Mr. Mervyn wrth Nest am alw ar y forwyn i fynd â'r pethau ymaith yn fuan, gan fod ganddo rywbeth pwysig i'w ddweud wrthi. Wedi cael y parlwr iddynt eu hunain, eisteddodd Nest ar gadair gerllaw ei thad i wrando ar yr hyn oedd ganddo i'w hysbysu.

"A fuaset ti'n hoffi mynd i Gymru, Nest?" gofynnai John Mervyn.

"I Gymru! O, fy nhad, gwyddoch mai dymuniad fy mywyd yw mynd i Gymru, gwlad enedigol fy mam a chithau. Ydych chi'n bwriadu mynd yno?"

"Ydw, yn lled fuan hefyd. Gelwais yn nhŷ Dr. Lewis wrth ddod adref—"

"O! Fy nhad, ydych chi'n wael?" gofynnai Nest gan godi, a rhoi ei breichiau am ei wddf, wrth i'w llygaid llenwi â dagrau.

"Nac ydw, Nest; paid â phryderu dim," atebai yntau. "Gwrando, ac mi ddwedaf y cwbl yn ddi-gêl wrthyt."

Cymerodd Nest ystôl fechan, ac eisteddodd wrth ei draed, gan afael yn dyn yn ei law, tra adroddodd John Mervyn yr hyn a ddywedodd Dr. Lewis wrtho.

"Ond beth sydd a wnelo hyn â'r bwriad o fynd i Gymru? Ydy'r meddyg wedi cynghori i chi fynd er mwyn eich iechyd?" gofynnai Nest wedi i'w thad orffen.

"Nac ydyw. Wrth ddod adref meddyliais am hyn. Gwyddost, fy Nest, pe bai'r gwaethaf yn digwydd i mi cyn i ti wneud cartref i ti dy hun, dy fod yn unig iawn; rwyf am fynd at fy nhad i ofyn a wna ef rhoi cartref i ti pe ddigwydd—"

"Peidiwch, peidiwch, fy nhad, rydych chi'n torri fy nghalon!" dolefai Nest.

"Edrych ar yr ochr olau i'r cwmwl, fy ngeneth, fel y byddi di'n arfer. Paid â digalonni, a gad i ni ymresymu'r mater yn hamddenol. Bydd y llongwyr yn cario cychod a *life belts* ar gyfer y gwaethaf, tra ar yr un pryd yn gobeithio am y gorau."

"Ni allaswn byth fynd i ymofyn caredigrwydd oddi ar law Syr Harry Mervyn," atebai Nest, gan godi i fyny'n sydyn. "Mae wedi ymddwyn yn rhy greulon tuag atoch chi a fy mam. Ie, buasai'n well gennyf fynd i gardota fy mara na gofyn am friwsionyn oddi ar ei fwrdd."

"Nest! Nest! Cofia mai am fy nhad, a dy daid rwyt yn siarad, ac mae cymaint o gariad yn fy nghalon i tuag ato y funud hon ag a fu erioed."

"Rydych chi'n sant, fy nhad."

"Nid wyf yn meddwl i mi erioed ddweud yr hanes wrthyt ti'n drefnus o'r dechrau. Eistedd i lawr, a gwna ymdrech i gadw'r *steam* yna i lawr," meddai John Mervyn, gan wenu. "Dechreuaf yn y dechrau, ac adroddaf yr hanes fel pe buaswn yn ei adrodd wrth ddieithryn.

"Roedd gan John Morris, pen ceidwad helwriaeth fy nhad, ferch ychydig flynyddoedd yn ieuangach na mi. Geneth wylaidd, brydferth, a naturiol foneddigaidd. Hoffais Ellen Morris yn fawr, a hysbysais fy nhad o'r ffaith, yr hwn a ddigiodd yn aruthr, a bygythiodd fy nietifeddu os y priodwn i ferch ei *gamekeeper*. Fodd bynnag, roedd cariad yn pwyso'n drymach na'r etifeddiaeth, a'r diwedd fu i mi ag Ellen Morris ymbriodi. Nid oedd cartref i mi wedi hynny yn nhŷ fy nhad, ym Mhlas Llwyd, ac felly deuthum i a dy fam yma i'r Brifddinas. Bûm mor ffodus a chael lle yn swyddfa Mr. Vaughan, ac rwyf erbyn hyn wedi cyrraedd safle bwysig. Buom yn byw yma'n gysurus iawn hyd nes bu farw Ellen, fel y gwyddost, pan oeddet ti'n ddeg oed. Ac nid oes arnaf awydd o gwbl am yr etifeddiaeth a gollais, ac ni fu i mi edifarhau am foment am y llwybr a ddewisais. Er bod fy nhad wedi fy nietifeddu, ac i bob golwg wedi ymddwyn yn galed, nid oedd i'w feio gymaint ag yr wyt ti'n tybio. Clywaist fi'n sôn am Mrs. Mervyn, gwraig i fy ewythr, brawd ieuengaf fy nhad. Pan fu farw ei gŵr, a'i gadael bron heb geiniog, rhoddodd fy nhad gartref iddi hi a'i dau fachgen amddifad, Pugh a William, a thalodd hithau'r caredigrwydd yn ôl drwy wneud ei gorau i greu drwg rhwng fy nhad a minnau. Pan oeddwn i'n caru Ellen Morris, roedd hi'n gwybod y cwbl, ac yn addo gwneud ei gorau i hyrwyddo ein dymuniad ym mhob modd. Ond fel y deallais wedi hynny, roedd hi wedi gosod yr olwg waethaf ar bob peth o flaen fy nhad, ac wedi creu mur o ragfarn yn ei feddwl yn barod erbyn yr adeg i mi ddatguddio fy nghyfrinach iddo."

"Beth oedd ei hamcan yn hyn oll?" gofynnai Nest.

"Cei glywed yn fuan. Roedd hen draddodiad yn ein teulu ni, ac yn yr ardal, na ddarfu i Merfyn erioed dorri ei air. Roedd 'mor sicr â gair Mervyn' yn ddihareb ar lafar gwlad. Nawr, ni orffwysodd Mrs. Mervyn hyd nes y clywodd fy nhad yn dweud ar ei lw y gwnâi fy nietifeddu os y priodwn yn groes i'w ewyllys. Wedi iddo ddweud hyn, ni bu'n hir cyn y cafodd ganddo wneud ei ewyllys, a gwneud Pugh, ei bachgen hynaf hithau, yn etifedd yn fy lle. Gwyddai fod fy nhad yn meddwl llawer o rinweddau'r Mervyniaid a fu o'i flaen, ac yn dymuno dangos i'r byd oddi allan yn llawn mor gadarn a dianwadal â'i henafiaid, er, ar yr un pryd, rwyf yn gwybod fod ei galon yn gwaedu drosof."

"Mae Mrs. Mervyn ym Mhlas Llwyd yn awr, onid ydy hi?"

"Ydy; ac mae'r meibion wedi tyfu'n ddynion erbyn hyn. Mae Pugh tua phump-ar-hugain, a William yn ddwy-ar-hugain oed."

"Onid gwell fyddai i ni beidio mynd yno, gan ei bod hi'n parhau i fyw yn y Plas?"

"Na, rwyf wedi penderfynu gweld fy nhad unwaith eto. Nid oes arnaf eisiau dim ganddo; drwy drugaredd mae digon wedi'i roi heibio i ti allu byw'n gysurus pe cymerid fi ymaith. Dim ond cael ei addewid y cei di gartref gydag ef."

Ni chyniodd Nest ddadlau rhagor, gan ei bod hi'n gweld fod ei thad wedi rhoi ei fryd ar fynd, a chofiai hefyd nad peth doeth oedd ei gyffroi.

"Pryd ydych chi'n meddwl mynd?" gofynnai.

"Mae heddiw'n ddydd Iau. Soniaf wrth Mr. Vaughan yfory, a chawn glywed beth a ddweda."

Prynhawn drannoeth daeth John Mervyn adref, a hysbysodd Nest ei fod wedi cael caniatâd i absenoli ei hun o'r swyddfa am bythefnos. Bore'r dydd Llun canlynol roedd y *Greyhound*, y goets fawr, â chwech o geffylau o'i blaen, yn cychwyn oddi wrth y *Royal Hotel*, Llundain, am daith i Gaernarfon; ac ymhlith y teithwyr a eisteddant ar y sedd flaen gyda'r gyrrwr roedd John Mervyn a Nest. Cyraeddasant Caernarfon yn ddidramgwydd, ac arhosodd Nest a'i thad yn y dref am noson. Drannoeth cychwynasant ar eu taith drachefn mewn coets gyffelyb i'r *Greyhound*, ond ei bod yn llai, a dim ond pedwar ceffyl yn ei thynnu. Roedd Nest wedi'i swyno'n lân gan y golygfeydd prydferth a welai wrth fynd ar draws gwlad. Anhawdd dychmygu teimladau un a anwyd ac a fagwyd mewn tref fawr fel Llundain, ac a gyrhaeddodd ei hugain mlwydd oed heb weld mynydd na dyffryn, na dim o olygfeydd rhamantus naturiol ein hen wlad annwyl. Cyraeddasant Gricieth ymhen ychydig oriau, ac aethant i mewn i'r *Ship* i orffwyso a chael bwyd. Dyma oedd pen eu taith, ac wedi iddynt fwyta aethant allan i lan y môr. Roedd John Mervyn yn dymuno cael lle mwy tawel i aros ynddo tra fyddai yng Nghricieth na'r *Ship*, a chafodd le glanwaith a chysurus iddo ef a Nest mewn bwthyn ar y traeth, tŷ'r hen Jane Jones a'i mab, John Jones. Roedd yr hen wraig yn adnabod John Mervyn, ac wedi ei hoffi'n fawr cyn iddo adael ei gartref, ac wylodd yn hidl wrth ei weld ef a Nest wedi dod yn ôl i Gymru. Nid oedd gormod ganddi wneud iddynt, ac roedd Nest yn gweld y cawsai hi a'i thad amser hapus tra yng Nghricieth.

Druain ohonynt, gwell fuasai pe na chychwynasent o'u cartref erioed!

Eisoes roedd cwmwl bychan yn codi, yr hwn ymhen ychydig a arllwysai ei gynnwys yn un genllif gref o brofedigaeth ar eu pennau. Drannoeth, â'r haul yn tywynnu'n siriol arnynt, cychwynasant am Blas Llwyd, trigle Syr Harry Mervyn. Roedd ganddynt chwe milltir i gerdded o Gricieth i Blas Llwyd, ond roeddynt yn cymryd eu hamser yn hamddenol, gan edrych ar hyn a'r llall, a John Mervyn yn rhoi hanes ac enwau'r lleoedd wrth fynd heibio. Llawer o chwilfrydedd a ddangosai'r rhai a gyfarfyddent ar y ffordd yn eu cylch, ac estynnwyd llawer pen allan o ddrysau wedi iddynt fynd heibio. Roedd rhai fel pe buasent yn cofio iddynt weld y gŵr bonheddig diarth o'r blaen, ac eraill yn meddwl na welsant erioed eneth harddach na Nest.

"Ydych chi'n gweld y tŵr ysmala acw wrth y coed?" gofynnai John Mervyn.

"Ydw," atebai Nest. "Dyna derfyn tir Plas Llwyd; byddwn yn cerdded ar ystâd fy nhad ymhen munud neu ddwy. Dacw'r porthdy yn y golwg."

Peidiodd eu hymddiddan hyd nes y cyraeddasant y *lodge*. Roedd John Mervyn yn pryderu ynghylch pa fath o dderbyniad a gâi gan ei dad, a Nest yn pryderu rhag ofn i'w thad gaei ei gyffroi mewn rhyw fodd. Wedi nesáu at y porth, daeth dynes lled ieuanc allan o'r tŷ i agor y giât iddynt.

"Pwy sydd yn byw yn y *lodge* yma nawr?" gofynnai John Mervyn.

"Mary Davies yw fy enw, a Tom Davies yw fy ngŵr, sy'n yriedydd i Syr Harry ers tair blynedd."

"Rwyf am ofyn, a fyddwch mor garedig a gadael i fy merch aros yma hyd nes y deuaf yn ôl o'r Plas? John Mervyn yw fy enw i."

"John Mervyn! Mab y Plas! O! Bydd yn ail fywyd i Syr Harry eich gweld; mae pawb yn dweud ei fod yn hiraethu amdanoch o hyd, Syr."

"Dydych chi ddim yn fy nghofio yma?"

"Nac ydw, Syr; nid oeddwn ond deg oed pan aethoch i ffwrdd, ac mae un mlynedd ar hugain ers hynny. Ond clywais fy mam yn sôn llawer am y meistr ieuanc, ac Ellen Morris."

"Mae Ellen yn y wlad well ers wyth mlynedd, a dyma ei merch. Rhaid i mi fynd yn awr, deuaf yn ôl mor fuan ag y gallaf."

II.
Ei Hen Gartref

Wedi i John Mervyn ymadael o'r porthdy, estynnodd Mary Davies gadair freichiau at y drws i Nest gael eistedd i wylied ei thad yn ôl, a pharatôdd grempogau, a gosododd y bwrdd yn barod i ddisgwyl amdano. Tra'n eistedd yno, gwelai Nest ddyn ieuanc tal, llwyd, yn dyfod i gyfeiriad y *lodge* dros lwybr cul a arweiniai drwy'r coed, ac ymhen ychydig roedd wrth ddrws y tŷ. Safai'n syn am ennyd, gan edrych yn ddyfal ar Nest, ac yna fel pe bai'n cofio ei fod yn ymddwyn yn anfoesgar, cododd ei het, a moesymgrymodd iddi, a galwodd ar Mary Davies.

"Bore da i chi, Syr," atebai'r wraig.

"Bore da, Mary Davies. A wnewch chi ddweud wrth Tom amser cinio fod Mrs. Mervyn eisiau iddo fynd gyda hi i Gricieth y prynhawn? Y car i fod wrth y drws erbyn un."

"Gwnaf siŵr," atebai Mary; ac wedi rhoddi un edrychiad ychwanegol o edmygedd ar Nest, aeth y gŵr ieuanc ymaith.

"Pugh Mervyn oedd hwnna," meddai Mary Davies.

"O ai e, mab hynaf Mrs. Mervyn felly?"

"Ie, mae William i ffwrdd yn y coleg, ac nid oes neb yn cwyno ar ei ôl. Gwell gan bawb Pugh na William; mae William yn rhy debyg i '*Madam*' o lawer."

"*Madam*?"

"Ie, Mrs. Mervyn. '*Madam*' mae pawb yn ei galw ffordd yma, ac nid oes neb yn ei hoffi."

"Maent yn hoff o Syr Harry, onid ydynt?"

"O ydynt; ac mae llawer yn gofidio drosto o herwydd iddo ddietifeddu ei hoff blentyn, yr hyn na fuasai byth wedi digwydd oni bai am ddylanwad *Madam*."

"Buasai'n dda gennyf weld fy nhad yn dod yn ôl, mae arnaf ofn iddo gael ei gyffroi," meddai Nest, gydag ochenaid.

Pe buasai Nest wedi cerdded at y Plas, ac edrych i mewn drwy ffenestr y llyfrgell, ni buasai'n pryderu dim ynghylch ei thad. Eisteddai ef mewn cadair esmwyth un ochr i'r tân, ac eisteddai'r hen farwnig ar un yr ochr arall, y ddau'n ymddangos yn ymgomio yn dawel. Er ei bod yn fis Mehefin, roedd yn rhaid i'r hen ŵr gael tân yn ei ystafell bob dydd.

Pan aeth John Mervyn at y Plas, daeth John, hen was ffyddlon ei dad, i agor y drws, a bu agos iddo a syrthio i lewyg pan welodd pwy oedd yno. Bu yr etifedd ieuanc a John y gwas yn gyfeillion cywir, pan oedd y cyntaf adref; ac nid oedd neb ond y barwnig ei hun yn gofidio mwy na John wrth weld mab y Plas yn gorfod ymadael â'i gartref. Pan welodd ef wedi dod yn ôl, bu agos iawn iddo syrthio ar ei wddf a'i gofleidio. Ond ymatalodd, a chymerodd afael garedig yn llaw y bonheddwr, ac arweiniodd ef i'r llyfrgell at Syr Harry. Synnodd yr hen ŵr wrth weld John yn arwain bonheddwr dieithr ato i'w ystafell yn ddirybudd, ond y funud nesaf clywai'r bonheddwr yn dweud mewn llais tyner,

"Fy nhad!"

Cododd yr hen ŵr ar ei draed yn sydyn, a chan grynu fel deilen dywedodd:

"Y mae'r enw yna'n un dieithr i mi, ac nid wyf yn ei arddel."

"Er hynny, mae'n eiddo i chi, ac ni ellwch ei fwrw ymaith. Er bwrw ymaith y mab, nid ydych chi yn llai o dad," atebai John Mervyn.

"Beth yw eich neges yma; ai dyfod i roddi darlith ar *philosophy* a wnaethoch, heb eich gwahodd?" dywedai'r hen ŵr, gan geisio ymddangos yn sarrug.

"Nage, fy nhad—"

"'Fy nhad', eto."

"Syr Harry, ynte. Nid ydw i wedi dyfod yma gydag un amcan i chi fy nghymryd yn ôl, a'm rhoddi yn y sefyllfa a gollais; ac nid ydw i wedi dyfod yma yn fab afradlon i ddeisyf cymorth gennych."

"Eisteddwch i lawr fan yna," meddai'r hen ŵr, gan ail-eistedd ei hun; wedi iddynt eistedd aeth John Mervyn ymlaen.

"Dau beth a'm cynhyrfodd i ddyfod i Gymru yn awr, sef, yn gyntaf, cael eich gweld unwaith eto. Er yr ydym wedi bod o olwg ein gilydd ers un mlynedd ar ugain, nid ydych wedi bod o fy meddwl am ddiwrnod. Cofiais amdanoch bob amser yn fy ngweddïau, a byddai myrdd o bethau eraill yn peri i mi gofio amdanoch bob amser gyda chariad cynnes. Llawer a siaradai Nest a minnau amdanoch—"

"Nest?"

"Ie, fy merch; mae yn y porthdy yn disgwyl amdanaf. Clywsoch fod fy ngwraig wedi marw ers deng mlynedd?"

"Do. Yn y porthdy y mae'r eneth? John!" meddai Syr Harry wrth weld rhywun yn agor y drws. Ond nid y gwas a ddaeth i mewn, ond Mrs. Mervyn.

"Maddeuwch i mi am ddyfod i mewn, ond ni allaswn beidio pan glywais fod y mab afradlon wedi dod yn ôl," meddai'r wraig mewn llais gwawdlyd.

"Mrs. Mervyn, rydw i'n dymuno cael yr ystafell i ni ein hunain ar hyn o bryd," meddai Syr Harry.

"Mae'n siŵr; nid yw'n ddymunol i drydydd person wrando ar gyffesiadau ac erfyniadau," atebai *Madam*, â'i hwyneb yn welw o lid, wrth fynd allan o'r ystafell.

Wedi iddi fynd, cododd y barwnig a chlôdd y drws. Mae'n debyg pe digwyddasai i John y gwas ddod i mewn yr adeg hon yn lle *Madam*, y buasai yr hen ŵr wedi ei anfon i gyrchu ei wyres; ond ni soniodd am hynny wedi i Mrs. Mervyn fynd ymaith.

"Ewch ymlaen."

"Ie, roeddwn yn sôn am Nest: dyna'r ail amcan oedd gennyf yn dyfod yma, sef gofyn a wnaethech chi roddi cartref iddi yma os digwyddai i mi farw cyn iddi gael cartref iddi ei hun."

"Mae'n syn gennyf dy glywed yn sôn am farw o fy mlaen."

"Fe allai na wna hynny ddigwydd: ond rwyf wedi bod gyda'r meddyg yn Llundain, a dywedodd wrthyf fod clefyd y galon arnaf, a chi wyddoch fod hwnnw'n ansicr iawn."

"Ydyw, ydyw, John."

"Mae gan Nest ddigon o fodd i'w chadw ei hun yn gysurus; ond pe digwyddai i mi fynd, byddai'n unig a digartref iawn. Rydym yn gysurus fel y mae hi yn awr, y fi mewn lle da yn swyddfa Mr. Vaughan, a hithau yn cadw tŷ i mi."

Gruddfanai yr hen ŵr yn ddistaw wrth feddwl am ei fab yn ennill ei fara mewn swyddfa. Roedd y sarugrwydd wedi hollol ddiflannu o'i wedd a'i lais, a braidd na fuasech yn meddwl ei fod am gymryd ei fab yn ôl; ond gadawodd y cyfle i fynd heibio, ac ni chafodd gyfleustra byth wedi hynny.

"Na fydd bryderus ynghylch dy ferch," meddai; "tra y byddaf fi byw, ni chaiff fod yn ddigartref."

Cododd John Mervyn ar hyn i fynd ymaith. A chymerodd ei dad ei law, a daliodd hi'n dynn am rai munudau, yna gollyngodd hi, a throdd ymaith yn sydyn i guddio'i ddagrau a'i ofid; cerddodd ei fab ato, a rhoddodd gusan ar ei dalcen, ac aeth ymaith heb ddweud gair yn ychwaneg.

Pan gyrhaeddodd y *lodge* gwelodd Nest a Tom a Mary Davies yn eistedd i gymryd bwyd, wedi blino disgwyl amdano. Ac wedi iddo yntau eistedd i lawr, cawsant hwyl wrth fwyta'r crempogau, a gwrando ar Tom a Mary yn adrodd am y digwyddiadau a gymerodd lle yn yr ardal yn ystod ei arhosiad ef yn y porthdy. Roedd Nest hefyd wedi llwyr ennill calon Tom a Mary Davies, a chydag addewid o alw yn y *lodge* bob tro y deuent y ffordd honno, ymadawodd John a Nest, gan ddiolch am y caredigrwydd a dderbyniasant, a chychwynasant yn ôl am Gricieth.

Yn ystod y daith adref, adroddodd John Mervyn yr hyn oll a ddwedasai wrth ei dad, a'r hyn a ddwedodd yr hen farwnig wrtho yntau, a theimlai Nest ei chalon yn cynhesu tuag at ei thaid wrth feddwl am ei ofid dwys. Penderfynasant aros yng Nghricieth am ychydig ddiwrnodau yn hwy er mwyn i Nest gael gweld y wlad o amgylch, a'r prynhawn hwnnw aethant allan i forio yng nghwch John Jones, mab yr hen wraig roeddynt yn aros gyda hi. Prif ddymuniad Nest—fel pob un arall sydd wedi byw mewn tref ar hyd eu hoes—oedd dringo i ben mynydd, a thrannoeth roeddynt wedi penderfynu mynd i ben mynydd Moel Ednyfed, a mynd â bwyd gyda hwy, i dreulio'r diwrnod ar ben y mynydd. Roedd yn ddiwrnod annwyl drannoeth, diwrnod i demtio pawb allan o'u tai, a chychwynnodd Nest a'i thad yn llon ar eu taith i fynydd Ednyfed. Treuliasant y diwrnod yn hynod o ddifyr ar ei gopa, weithiau yn cerdded o amgylch i weld y golygfeydd wrth ei odre, ac yna eistedd i orffwys, a bwyta, a darllen llyfr oedd ganddynt gyda hwy. Roedd yn brynhawn hwyr pan gychwynasant ddisgyn i fynd tua chartref, ac wedi iddynt fynd ychydig ffordd i lawr amgylchynwyd hwy'n sydyn gan niwl tew.

"Paid ag ofni," meddai John Mervyn, "rwyf yn lled gyfarwydd â llwybrau'r Ednyfed, ac nid wyf yn petruso dim tra y mae hi'n ddydd."

Cerddasant i lawr yn araf a gofalus drwy'r niwl, yr hwn a ymddangosai ei fod yn mynd yn dewach, dewach; ond nid oeddynt wedi gallu cyrraedd gwaelod y mynydd. Teimlent fel pe buasent wedi rhoi cylchdro o amgylch y mynydd tua hanner ffordd o'i gopa i'w droed. O'r diwedd daethant at ogof fawr, a dywedodd John Mervyn y buasai'n well iddynt fynd i mewn i orffwys a bwyta gweddill y bwyd oedd yn y fasged; ac roedd yn dda iawn fod Nest wedi bod mor feddylgar a dod â siôl gyda hi, gan fod y niwl yn oer iawn. Penderfynodd y ddau aros yn yr ogof hyd nes y byddai'r niwl wedi codi, gan ei bod erbyn hyn yn dechrau nosi, ac y buasai'n hynod o enbyd iddynt geisio mynd i waered. Aeth oriau heibio, a daeth yn nos dywyll, ond roedd yn ffodus fod gan Mr. Mervyn flwch bychan o fatsis yn ei logell i weld yr amser ar ei oriawr. Ychydig wedi dau o'r gloch y bore cyfododd awel o wynt, a chiliodd y niwl yn llwyr, a barnodd John Mervyn y byddai'n well iddynt anturio i lawr o'r mynydd.

"Cymer afael yn fy mraich, Nest, ac awn yn araf: nid ydyw'n dywyll iawn, mae ychydig o leuad."

Aethant ymlaen a chyraeddasant y ffordd fawr yn ddidramgwydd, ac roeddynt yn curo wrth ddrws Jane Jones yng Nghricieth am dri o'r gloch. Roedd yr hen wraig wedi bod yn bryderus iawn amdanynt, ac wedi anfon John ei mab i chwilio amdanynt. Nid oedd wedi deall eu bod yn mynd i ben y mynydd, ac roedd yn synnu hefyd glywed am y niwl a'u rhwystrodd adref, gan ei fod yn hollol glir i lawr yng Nghricieth, a'r haul yn machlud yn ysblennydd. Wedi cael bwyd a chynhesu, aethant i'w gwelyau, a chysgasant yn dawel heb feddwl fawr fod cwmwl du yn crogi uwch eu pennau, ac hyd yn oed y funud honno'n barod i lawio profedigaeth lem arnynt. Llawer o sôn sydd am brofedigaethau yn dangos eu cysgod cyn dyfod, ond fel rheol, y profedigaethau llymaf yw'r rhai sydd yn dod yn hollol annisgwyliadwy a dirybudd.

III.
Yr Etifedd a'r Fenyw

Gyda'r nos, yr un diwrnod ag yr aeth John Mervyn a'i ferch i ben y mynydd, eisteddai Tom Davies a'i wraig wrth eu swper o "datws, menyn, a nionyn," a diod o laeth. Roedd Tom yn hynod ddistaw, ac yn edrych yn synfyfyriol i'r tân. Gwelai Mary fod rhywbeth ar ei feddwl, ond fel dynes gall ni holodd ddim arno; gan y gwyddai y dywedai wrthi ohono'i hun yn fuan neu yn hwyr.

Pan ar orffen swpera, gofynnodd yn sydyn,

"A fu Mr. Mervyn a Miss Nest ffordd yma heddiw?"

"Do," atebai ei wraig, "galwasant yn y drws wrth basio heibio; roeddynt yn mynd am dro i'r wlad, meddent."

Edrychodd Tom i'r tân drachefn; a bu distawrwydd tra fu Mary'n clirio'r pethau oddi ar y bwrdd.

"Wyt ti'n dod i eistedd i lawr, Mari?" gofynnai Tom, gan roddi baco yn ei bibell.

"Ydw rŵan," atebai hithau, gan gymryd ei hosan.

"Mi weles i beth rhyfedd heno, peth sydd yn fy mhyslo i'n lân. Ac mi ddwedaf i ti beth oedd, ond i ti addo peidio dweud wrth un creadur byw."

"A fydda i'n arfer hel straeon, Tom?"

"Na fyddi, chwarae teg i ti. Ond maddau i mi am ofyn i ti fel hyn, achos mae rhywbeth yn fy mhricio i y daw rhyw ddrwg o'r hyn a welais. Wel, gwrando; gwyddost fy mod wedi mynd i'r Felin ar neges heno, ac wrth ddychwelyd heibio Cae'r Ffynnon, gwelais Mr. Pugh ymhen draw'r cae yn siarad gyda benyw. Nest Mervyn ydoedd i bob golwg. Sefais ennyd yng nghysgod y coed i'w gwylio. Roeddwn i'n rhy bell i glywed yr hyn a ddwedent, ond yn ôl pob ysgogiad o'r eiddynt, buaswn yn dweud eu bod yn ymrafaelio. Yn wir, roedd y fenyw'n edrych fel pe buasai'n barod i daro Pugh: caeai ei dyrnau yn ei wyneb o'r bron. Yr hyn a'm synnodd oedd meddwl y gallai geneth mor fwyn, ac mor foneddigaidd a Miss Nest, ymddwyn yn y fath fodd. O'r diwedd rhoddodd Mr. Pugh—fel pe buasai wedi llwyr flino ar ei sŵn— hergwd iddi nes y syrthiodd wysg ei chefn; ac aeth ymaith, a gadawodd hi felly. Eisteddodd ar y ddaear am rai eiliadau, yna cododd yn frysiog, a rhedodd yn chwim i lawr y cae i'r ffordd, ac heibio i mi heb fy ngweld, gan sibrwd mewn llais digofus distaw, '*I'll kill him! I'll kill him!*' Roedd yn dechrau tywyllu; ac roedd yr *hood* yn perthyn i'r fantell ddu a wisgai yn gorchuddio ei hwyneb, fel nad oedd modd i mi ei hadnabod."

"A wyt ti'n sicr nad *Madam* ydoedd, Tom?"

"O, ydw, er y bydd hi a Pugh yn arfer diddanu ei gilydd ag ymddangosiadau o'r fath yn aml; ond nid hi oedd yng Nghaerffynnon gydag ef heno. Pe cawsai *Madam* ugain punt am wneud, ni buasai byth yn gallu rhedeg fel y darfu i hon heno."

"Yn wir, Tom, nid wyf yn rhyfeddu dy fod mewn penbleth: mater dyrys ydyw. Ond rwyf yn sicr mai nid Nest Mervyn ydoedd, pwy bynnag arall oedd."

"Rwyf innau, hefyd, mor sicr â thithau. A dyna sydd yn ei gwneud yn ddyrys: pwy, ffordd hyn, sydd yn gwisgo mantell ffasiwn newydd fel sydd ganddi hi, a phwy sy'n yr ardal yn gallu siarad Saesneg mor glir?"

"Wel, waeth i ni fynd i'n gwely, chawn ni ddim esboniad ar y mater heno."

Bore drannoeth, cyn pedwar o'r gloch, deffrowyd Tom a Mary Davies drwy glywed curo mawr ar y drws. Agorodd Tom y ffenestr i weld pwy oedd yno, a pha beth a geisiai.

"Tom, tyrd i lawr y funud yma!" meddai llais un a adnabyddai Tom fel eiddo i Bill Tomos, porthor yn y Plas.

"Beth sy'n bod?"

"Mr. Pugh wedi'i ladd!"

Rhoddodd Mary sgrech fechan, a gafaelodd yn dynn yn mraich ei gŵr.

"Ac mae eisiau i ti fynd ar unwaith gyda'r ceffyl a'r car i Gricieth i nôl Dr. Jones, Mr. Hughes y twrne, a Roberts y plismon. Rwy'n mynd rŵan."

"Aros! Ym mha le mae o?"

"Wrth y tŵr yn y coed, a fi gwelodd o gyntaf."

Mewn llai na phum munud roedd Tom Davies wedi gwisgo amdano, ac ar ei ffordd i'r stabl. Wrth fynd, aeth heibio'r tŵr, a dyna lle roedd Pugh Mervyn yn gorwedd yn ei waed, yn hollol farw ers peth amser; a dwedodd Mr. Pritchard, y stiward, mai gadael llonydd iddo ydoedd orau, gan ei fod ef yn ddigon o feddyg i wybod ei fod wedi marw ers meitin. Cyn pen yr awr roedd Tom Davies yn ôl o Gricieth; a chydag ef, y meddyg, y cyfreithiwr, a'r plismon. Cadarnhaodd Dr. Jones yr hyn a ddywedodd Mr. Pritchard, sef fod Pugh Mervyn wedi marw ers dros ddwy awr. Gwnaeth ymchwiliad manwl ar y corff, ac ar bob peth o'i amgylch; ac ar y diwedd dywedodd mai nid damwain ydoedd, ond llofruddiaeth. Wrth glywed hyn aeth si o ddychryn drwy'r dorf oedd wedi ymgynnull yno; a theimlai Tom Davies iasau oerion o gryndod yn rhedeg drwyddo. Cariwyd y corff i'r Plas, lle roedd Mrs. Mervyn mewn ffitiau er pan glywodd y newydd; a'r hen ŵr yn rhy wael i godi o'i wely gan y *shock*; ond arhosodd Roberts y plismon wrth y tŵr i wneud ymchwiliad manwl o'r lle.

Dyn craffus yr ystyrid Roberts y plismon, ac roedd wedi llwyddo i ddatrys achosion ddigon dyrys cyn hyn. Bu sôn ei fod i gael ei godi yn un o fintai y *detectives* yn Lerpwl; ond yng Nghricieth yr oedd hyd yn hyn, ac yn ôl fel roedd pethau'n troi allan roedd lawn cymaint o angen amdano yno ag yn un lle. Yn gyntaf, gwnaeth ymchwiliad manwl o'r tŵr. Hen adeilad Rhufeinig oedd y tŵr bychan yma, o ddau uchder llofft, â'i furiau wedi eu hadeiladu o gerrig lled fawrion. Arweiniai grisiau adfeiliedig o'r rhan isaf i'r llofft; ac roedd y to wedi syrthio ymaith, a rhan o'r mur, nes roedd y gweddill fel canllaw o gwmpas y lle. Roedd yn anhawdd dringo'r grisiau i fynd i'r llofft ddi-do hon, a gwnaeth y plismon archwiliad manwl ar lawr y llofft i weld a oedd yno ôl traed. Wrth chwilio daeth o hyd i un neu ddau o bethau, y rhai a roddodd yn ei logell gyda gwên ar ei wyneb. Ymhellach yn y bore daeth yr Arolygydd Jones, o Borthmadog, i gynorthwyo Roberts, a gwnaeth y ddau archwiliad manwl drwy'r holl ardal o dŷ i dŷ. Deallasant mai y tro diweddaf y gwelwyd Pugh Mervyn yn fyw oedd yn y *Dafarn Wen*, rhwng naw a deg y noson flaenorol, ac iddo gychwyn adref drwy'r coed ar hyd y llwybr a arweiniai heibio i'r tŵr. Yno y cafwyd ef y bore canlynol gan Bill y porthor, fel roedd yntau'n dychwelyd o garu yn rhywle; ac aeth ar unwaith i dŷ y stiward i hysbysu Mr. Pritchard. Na, nid oedd neb dieithr wedi bod yn yr ardal y diwrnod hwnnw; ac nid oedd gan neb y ddirnadaeth leiaf pa fodd y bu'r anffawd. Credai bron yr oll o'r ardalwyr mai damwain oedd fod Mr. Pugh wedi cymryd glasiad yn ormod yn y *Dafarn Wen*—fel y byddai'n gwneud yn aml—ac wedi cyfarfod â'i ddiwedd felly. Tystiai Dr. Jones yn gadarn mai nid damwain ydoedd, ac y profai hynny yn y prynhawn yn y cwest. Disgwyliai Mary Davies yn bryderus am Tom i ddod i'r tŷ i gael bwyd. Yn ei frys, nid oedd wedi cymryd amser i gael tamaid cyn mynd i Gricieth gyda'r car. Daeth i mewn ychydig cyn naw, ond nid oedd arno ddim archwaeth at fwyd: roedd digwyddiadau'r bore wedi ei andwyo.

"Tyrd, Tom bach, treia fwyta'r wy yna; mae'n debyg y bydd gennyt lawer i'w wneud yn ystod y dydd," meddai Mary Davies.

"Rwyf yn teimlo yn hollol ddinerth er pan alwodd Bill arnaf y bore. Gallesid fy nharo i lawr â phluen pan ddywedodd ei genadwri; ac eto roeddwn yn teimlo fel un yn breuddwydio, ac mai dychymyg oedd yr hyn a ddwedais wrthyt ti neithiwr, a'r hyn a ddwedai Bill y bore."

"Ai damwain ydoedd, tybed?"

"Nage, meddai Dr. Jones. Ac yn wir, Mari, roeddwn i'n teimlo fy hun yn crynu drosta i pan ddwedodd y meddyg mai nid marwolaeth ddamweiniol ydoedd, ond llofruddiaeth. Mae'n debyg pe buasai Roberts y plismon wedi edrych arnaf y funud honno, a gweld yr olwg ddychrynedig oedd arnaf, y buasai'n meddwl ar unwaith mai fi a gyflawnodd y weithred anfad."

"Glywaist ti rywun yn sôn am y fenyw a welaist neithiwr?"

"Ddim gair; ac, wrth gwrs, ni ddwedais innau air. Roedd gwraig y *Dafarn Wen* yn dweud fod Mr. Pugh yno rhwng naw a deg neithiwr; felly, aeth yno, feddyliwn i, o'r cae wedi rhoi hergwd i'r fenyw."

"Wel, mae'n beth gyda'r rhyfeddaf a glywais i erioed; ond yn awr, wedi i'r bygythiad a glywaist ti neithiwr gael ei gyflawni mor fuan, rwyf yn fwy sicr mai nid Nest Mervyn a welaist yn y cae yn ymrafaelio. A pheth arall, bydd yn hawdd iawn iddi hi brofi nad oedd hi allan y ffordd hyn yn oriau'r nos."

"Bydd, wrth gwrs; ni ddarfu i mi feddwl am hynny. Ac hefyd, nid wyf yn meddwl y bydd eisiau sôn gair byth am yr hyn a welais neithiwr."

"Pa bryd mae'r cwest i fod?"

"P'nawn yfory, yn y *Bull.* Y maent wedi anfon pellebr[*] i hysbysu William Mervyn o'r digwyddiad; ond nid ydynt wedi cael ateb yn ôl eto i ddweud pa bryd y daw adref."

"Sut mae *Madam* yn dal y brofedigaeth?"

"O, mae hi mewn 'sterics byth ers hynny, o'r naill ffit i'r llall o hyd, a Dr. Jones yn aros gyda hi. Nid ydyw Syr Harry'n abl i godi; ac nid oes neb yn cael ei weld ond y meddyg a John ei was. Wel, rhaid i mi droi allan eto, Mari, deuaf yma amser cinio, os na ddeuaf yn gynt."

---

[*] Telegram.

Tra roedd y digwyddiadau cynhyrfus hyn yn llenwi meddyliau yr ardalwyr o amgylch Plas Llwyd, roedd John a Nest Mervyn yn mwynhau eu hunain drwy forio yn mae Cricieth, a physgota yn yr afon. Pan ddaethant i mewn i'r bwthyn i gael cinio, hysbysodd Jane Jones hwynt ei bod wedi clywed ryw stori fod Mr. Pugh Mervyn wedi'i ladd; a daeth ei mab i mewn, a chadarnhaodd yr hyn a ddywedodd. Nid oedd John Jones wedi clywed y manylion, ond roedd wedi gweld car y Plas yn mynd â'r meddyg a'r plismon i fyny yno, pan oedd ef yn dod â'i rwydi penwaig i mewn tua phump o'r gloch y bore. Roedd yn ddrwg iawn gan John Mervyn a'i ferch glywed am yr anffawd, a phenderfynasant fynd i fyny i Plas Llwyd drannoeth i ofyn pa fodd roedd Syr Harry yn ymgynnal dan y fath brofedigaeth. Tybiasant mai cael ei daflu oddi ar ei farch, neu ryw ddamwain gyffelyb, fu achos farwolaeth ddisyfyd Pugh Mervyn.

IV.
Ymchwiliad i'r Achos

Wedi i Tom Davies fynd allan, safai ei wraig yn y drws i edrych ar ei ôl, a phan oedd wedi mynd o'r golwg, i lawr y *drive*, trodd i mewn; ond prin roedd wedi cau y drws cyn roedd rhywun yno yn curo. Agorodd y drws, a gwelodd mai'r Arolygydd Jones a Roberts y plismon oedd yno. Mewn llais mor dawel ag y gallai, dywedodd wrthynt ddyfod i mewn.

"A ydy'r gŵr yn y tŷ?" gofynnai Roberts.

"Nac ydy, mae newydd fynd at y 'stablau."

"Daethom oddi yno rŵan, ac roeddynt yn dweud ei fod yma," ychwanegai Roberts.

"Pa ffordd?"

"Drwy y coed."

"Pe buasech wedi dod ar hyd y *drive*, buasech yn ei gyfarfod."

"Dyma ddigwyddiad anhyfryd wedi cymryd lle yn yr ardal." meddai Jones.

"Ie yn wir, bydd yn saeth lem i Syr Harry a Mrs. Mervyn," atebai Mary Davies.

"Rydym yn gwneud ein gorau i glirio'r dirgelwch," meddai Roberts. "A dwedwch wrth Tom fod y cwest yfory, ac y disgwylir iddo roddi ei bresenoldeb yno, i ddweud yr hyn a ŵyr, neu gymryd y canlyniadau.

"Ac mae'n dda gennyf eich hysbysu, Mary Davies, ein bod mewn cyflwr go lew i gael goleuni ar y mater hwn," ychwanegai Roberts y plismon. "Nid ydyw mor ddyrys â llawer achos a fu gennyf mewn llaw cyn hyn. Hefyd, rwyf yn credu y gall tystiolaeth Tom daflu mwy o oleuni arno— yn wir, ei wneud yn hollol glir."

Gwelwodd wyneb Mary Davies, a gafaelodd mewn cadair fel pe buasai'n ofni syrthio.

"Na fyddwch bryderus," ychwanegai Roberts, "ni ddigwydd niwed o gwbl i Tom, ond iddo ef dystiolaethu yr hyn a ŵyr yn ddi-gêl."

Ni atebodd Mary, a chododd y ddau swyddog i fynd ymaith. Wedi iddynt fynd allan, dywedodd Roberts, "Roeddwn yn meddwl y cawsom afael ar *clue* lled dda gan Tom Davies; yn awr rwyf yn sicr o hynny. Welsoch chi fel y gwelwodd wyneb y wraig pan gymerais yn ganiataol fy mod i'n gwybod yr hyn a wyddai Tom? Mor sicr â mai Roberts ydy fy enw, mae Tom a Mary Davies yn gwybod cymaint â neb ynghylch yr achos, ac mor sicr â hynny drachefn, y mae arnynt eisiau celu'r hyn a wyddant; un ai er mwyn achub y sawl sydd yn euog o afael y gyfraith, neu maent yn ofni am eu diogelwch eu hunain."

"P'run bynnag, bydd rhaid iddo roddi ei dystiolaeth, neu ymfodloni i gael ei gymryd i'r ddalfa," atebai Jones.

"Wrth gwrs. Dewch, Jones, rwyf yn meddwl ein bod wedi gweithio yn o dda y bore yma, ac y mae'n llawn bryd i ni gael tamaid o fwyd a rhywbeth i yfed. Awn i'r *Dafarn Wen*; cawn seibiant yno i wneud ein nodion yn barod i roddi tystiolaeth prynhawn yfory."

Wedi i'r swyddogion ymadael o'r porthdy, syrthiodd Mary Davies ar y setl, a dechreuodd wylo'n chwerw. Yn y cyflwr yma y cafodd Tom hi pan ddaeth i mewn i gael ei ginio.

"Beth yw'r mater, Mary?" gofynnai'n bryderus.

"O Tom! Mae Jones a Roberts newydd fod yma'n dweud y bydd raid i ti roddi tystiolaeth yn y cwest," atebai Mary, rhwng ocheneidiau.

"Wel, beth am hynny?" gofynnai Tom.

"Tom annwyl, onid wyt yn gweld y bydd dy dystiolaeth di yn andwyol i eneth ddiniwed na wnâi ladd pryfyn. O! Mae hyn yn brofedigaeth! Tydi wedi dy ddewis i roddi cortyn am wddf un mor dyner, mor dddieuog."

"Ni fydd raid i mi ddweud y cwbl a welais, Mary, nid oes neb yn gwybod ond tydi."

"Neb yn gwybod? Y mae yr hen ffured, Roberts y plismon, yn gwybod yn eithaf da. Dywedodd cystal â mai ar dy dystiolaeth di y bydd y cwbl yn dibynnu."

"Mae hi uwchlaw fy nirnadaeth i sut y mae'r dyn yna yn cael allan bethau."

"Pa bryd maent yn disgwyl William Mervyn adref?"

"Y prynhawn yma; ac mae hynny'n fy atgoffa fod rhaid i mi wneud brys i fynd gyda'r car i'w gyfarfod i Gricieth. Ydy'r bwyd yn barod?"

"Ydy. Ac wyddost ti beth fuaswn i'n ei gynghori yn y cyfyngder yma?"

"Wel?"

"Gan dy fod yn mynd i Gricieth, dos at John Mervyn a'i ferch, a dywed wrthynt fel yr wyt mewn penbleth; a chymer dy arwain gan yr hyn a ddwedant wrthyt."

"Yn wir, Mary, mae rhywbeth yn hynna. Galwaf yno, a dwedaf yr holl wir wrthynt, ac os barnant mai gwell fyddai i mi gadw fy nghyfrinach i mi fy hun, ni wna rac y Jeswitiaid i mi ei datguddio."

"Gobeithio'n annwyl na fyddant wedi cychwyn ymaith."

Nid oedd Tom Davies, gyriedydd Plas Llwyd, erioed wedi cael y cymeriad o fod yn un o blant Jehu[*]; ond y prynhawn hwn roedd y ceffyl yn mynd fel ar adenydd y gwynt, ac erbyn cyrraedd y dref roedd yn ewyn gwyn drosto. Aeth rhag ei flaen i'r *Ship*, a rhoddodd yr anifail yng ngofal yr ostler, gan ddweud y deuai yno i'w nôl ymhen hanner awr. Prysurodd i fwthyn Jane Jones, ac hysbysodd yr hen wraig ef eu bod heb ymadael â Chricieth, nac yn bwriadu gwneud y diwrnod hwnnw; a'u bod ar y pryd wedi mynd allan i'r traeth. Ni bu Tom yn hir cyn dod o hyd iddynt, yn eistedd ar y tywod ac yn darllen.

---

[*] Yn y Beibl roedd Jehu yn nodedig am ei greulondeb.

"Dydd da i chi, Mr. Mervyn," meddai Tom, gan eistedd i lawr gerllaw iddynt.

"Mae fy amser yn brin, ac y mae gennyf fater pwysig i roddi ger eich bron."

"Rydym yn hollol at eich gwasanaeth," atebai John Mervyn.

"Sut mae Mary Davies?" gofynnai Nest.

"Gweddol, diolch i chi, Miss Mervyn. Glywsoch am lofruddiaeth Pugh Mervyn?"

"Do, wir; mae'n ofnadwy meddwl amdano. A oes sicrwydd mai llofruddiaeth ydyw, mai nid damwain?"

"Yn ôl yr hyn a glywais, mae'r swyddogion a'r meddyg yn hollol sicr mai llofruddiaeth ysgeler ydyw; ac hefyd, mae ganddynt le cryf i gredu eu bod ar warthaf yr euog."

Edrychodd Tom ar Nest pan yn dweud hyn, ond nid oedd yn ei hwyneb hardd un arwydd o euogrwydd i'w weld.

"Mae llofruddiaeth yn annaturiol ym mhob man," meddai'r eneth; "ond yng Nghymru, yng nghanol golygfeydd sydd yn llefaru wrthyf beunydd am ddaioni a thrugaredd Duw, mae cyflawni'r fath erchyllwaith yn ymddangos i mi yn fwy trosedd fyth."

Roedd geiriau ac ymarweddiad Nest a'i thad yn sefydlu yn meddwl Tom eu bod yn hollol ddieuog, ac nid ymadawodd â'r gred hon o gwbl yn ystod yr ymchwiliad a fu wedi hyn.

"Wel, Mr. Mervyn, rhaid i mi eich hysbysu fy mod i roddi fy nhystiolaeth yn y cwest y prynhawn, ond gan fy mod yn ofni y bydd i'r hyn a ddwedaf daflu amheuaeth arnoch chi a Miss Mervyn, ni ddwedaf air os ydych yn barnu mai hynny fyddai orau; fel y dywedais wrth Mary cyn cychwyn, na wnâi y dirdyniadau mwyaf wneud i mi ddatguddio fy nghyfrinach os byddwch chi'n gofyn i mi dewi."

Gwenodd Nest, a dwedodd, "Oni bai eich bod yn edrych mor ddifrifol, tueddid fi i gredu mai ysmalio rydych."

"O na buasai'n ysmaldod! Miss Mervyn, rwyf yn teimlo y daw rhyw ddrwg arnoch drwy yr hyn a ddwedaf yn y cwest heddiw; ond mae gennyf un gobaith, ac rydw i'n dal gafael ynddo, fel un bron a boddi yn gafael mewn gwelltyn."

"Gadewch i ni glywed eich cyfrinach?" meddai John Mervyn.

Adroddodd Tom yn fanwl yr hyn a welodd y noson gynt, fel roedd ymddangosiad y fenyw'n cyfateb i Nest, a'r bygythiad a sibrydai wrth fynd heibio.

"Pa bryd rydych yn dweud y gwelwyd y corff gyntaf?" gofynnai John Mervyn.

"Gwelwyd ef gyntaf rhwng dau a thri yn y bore gan Bill y porthwr, pan yn dychwelyd o garu yn rywle," atebai Tom. "Nid wyf yn deall i neb ei weld yn fyw wedi deg neithiwr."

Edrychodd John Mervyn yn syn i'r gorwel draw dros y môr, ac roedd ei wefusau wedi'u gwasgu'n dynn at ei gilydd.

"Fy nhad annwyl, a ydych yn pryderu?" gofynnai Nest, gan gymryd gafael yn ei law.

Trodd ei thad yn sydyn fel pe bai'n deffro o gwsg, ac meddai, "Mae'r Arglwydd am ein harwain i brofedigaeth. Gweddïa, Nest, am nerth i gynnal dani."

Edrychodd Nest ar Tom Davies, a meddyliodd yntau fod John Mervyn wedi colli arno'i hun.

"Tom Davies," ychwanegai, "neithiwr bu gorfod i ni aros yn yr ogof ar ochr Moel Ednyfed, oherwydd y niwl sydyn a'n hamgylchynodd; roedd wedi tri o'r gloch y bore yma pan gyraeddasom adref. Yn awr mae'r ffaith yma, ynglŷn â'ch tystiolaeth chi, yn ein herbyn. Os gofynnir i ni roddi cyfrif o'n hamser neithiwr, a ydych yn credu y cymerant ein gair noeth yn annibynnol ar dystiolaeth eraill? O! Nest, fy ngeneth annwyl, ai i hyn y daethost i Gymru?"

"Rydych yn cymryd golwg hynod o brudd ar y mater, 'nhad. Ni allant ein condemnio, a ninnau'n ddieuog. Gwelant wrth ein hwynebau ein bod yn ddiniwed, a rhaid iddynt goelio'n bod ni'n dweud y gwir."

"Ni wyddost nemor am lys barn, Nest druan! Profion yw'r cwbl a gymerir i ystyriaeth yno."

"Ni ddwedaf air byth," meddai Tom Davies; "gwell gennyf fynd i garchar am flynyddoedd na fod yn achos o gymaint trallod i chi'ch dau sydd mor ddieuog o'r weithred â minnau."

"Dywedwch yr oll a wyddoch yn ddibetrus," meddai Nest yn bwyllog, "bydd yn sicr o fod yn well yn y pen draw. Cofiwch, rwyf yn erfyn arnoch, Tom Davies, i beidio celu dim. Ac os arnaf fi y disgyn y baich, rwyf eto'n gweld lle i ddiolch dano, a hynny am mai fi ac nid fy nhad fydd yn gorfod ei gario. Os ydyw'r Arglwydd yn dewis rhoddi y brofedigaeth—y groes yma—i ni ei dwyn, y mae'n sicr o fynd o dan y pen trymaf iddi ei hun. Dywedwch y gwir: cofiwch mai celwydd yw celu y gwir, ac ni ddaeth daioni erioed o bechod."

Erbyn hyn roedd Tom Davies, y dyn mawr cryf, yn wylo'n hidl, a John Mervyn yn edrych yn hynod o brudd.

"Rwyf innau'n eich tynghedu i ddweud yr oll a wyddoch, pa beth bynnag fyddo'r canlyniadau," meddai John Mervyn. "Fel dwedodd Nest, bydd yn sicr o fod yn well yn y pen draw. Byddai unrhyw ymgais ynoch chi i guddio'r hyn a wyddoch yn fwy andwyol i ni o lawer, o achos ni all dyn gonest, geirwir fel chi, ddal i gael eich croesholi gan y cyfreithwyr, heb ddatguddio ryw gymaint o'ch cyfrinach. Credwch fi, Tom Davies, y mae eisiau dyn wedi ymgaledu, ac ymarfer llawer mewn celwydd i dyngu anudon mewn llys barn."

Cododd Tom ar ei draed, ac estynnodd ei law i ffarwelio â hwynt. "Duw a ddangoso i chi drugaredd," meddai, "ac a oruwchlywodraetho bob peth fel y caffech cyfiawnder."

"Amen," meddai Nest.

Dychwelodd Tom i'r *Ship* mewn pryd i weld William Mervyn yn disgyn o'r goets fawr, a chan fod y car yn barod, gorchymynnodd i'r gŵr ieuanc gychwyn adref heb oedi. Gan i William Mervyn gymryd yr awenau, a chan ei fod bob amser yn ddyn tawedog, ac nad oedd yn wahanol i'w arfer y tro yma, cafodd Tom ddigon o hamdden ar y ffordd adref i synfyfyrio. Yr hyn a ymddangosai'n ddyryslyd ydoedd, pwy a allai fod y fenyw honno a ymddiddanai â Pugh Mervyn y noson cyn ei lofruddiaeth? Yn ôl tystiolaeth ei ddau lygaid cymerai ei lw mai Nest Mervyn ydoedd; ond yn ôl tystiolaeth ei farn a'i reswm, cymerai ei lw nad Nest Mervyn ydoedd. Nid oedd neb wedi gweld dyn na dynes ddieithr ond Nest a'i thad yn yr ardal, ac roedd ymron yn amhosibl i neb dieithr ddyfod i'r ardal heb i rywun fod wedi eu gweld. Peth arall y ceisiai gael eglurhad arno ydoedd, y modd daeth Roberts y Plismon i wybod ei gyfrinach. Y gwir oedd nid oedd Roberts yn gwybod ond y nesaf peth i ddim, a'r ffordd y daeth i gael gafael ar yr ychydig a wyddai oedd drwy i fachgen bychan ddweud wrtho'i fod wedi gweld Pugh Mervyn a dynes yn ffraeo yn y cae, a bod Tom y *coachman* yn sefyll yn y ffordd yn gwrando arnynt. Ni allai'r bachgen adrodd un gair o'r hyn a ddwedwyd ganddynt, ac nid oedd yn meddwl fod Tom wedi ei weld. Roberts, bob amser yn cymryd gafael yn yr awgrymiad lleiaf, a ysgrifennodd yr hyn a ddwedodd y bachgen mewn llyfr, a chan gymryd arno'i fod yn gwybod llawer ychwaneg, aeth gyda'r Arolygydd Jones i dŷ Tom, fel yr adroddwyd eisoes.

Roedd Tom wedi ei gymryd i fyny gymaint gyda'i fyfyrdodau fel y bu rhaid i'r bonheddwr ieuanc ofyn iddo ddisgyn i agor y porth, cyn y gwyddai ei fod yn agos i'w gartref.

V.
O Flaen yr Ustus

"Hylô Tomos, sut daeth pethau 'mlaen yn y cwest ddoe? Chlywais i ddim gair," meddai un pysgotwr ar lan môr Cricieth wrth gyfaill iddo.

"Dyfarnu'r eneth yn euog, a'i thad yn gyfrinachydd," atebai y llall.

"Wel, wir, mae'n anodd coelio y gwnâi geneth mor ieuanc a phrydweddol wneud y fath beth."

"Ydy'n wir. Ond dyna fel mae, rhaid i ni beidio barnu dim wrth y golwg. Cymerwyd hwy ill dau i'r ddalfa neithiwr i Borthmadog, ac maent yn dod o flaen yr Ustus heddiw. Os medraf mi af yno hefyd i glywed y treial."

"Dof finnau gyda thi, Tomos, os doi heibio i fy nôl wrth fynd."

"O'r gorau," atebai Tomos, gan droi tuag adref.

Roedd Llys yr Ustus ym Mhorthmadog y diwrnod hwnnw wedi'i orlenwi, a lliaws mawr o'r tu allan wedi methu cael mynediad, ac eto'n anfodlon i fynd ymaith heb gael clywed y rheithfarn.

Pan arweiniwyd Nest a'i thad i mewn parodd i'w phrydferthwch a'i hieuenctid i dôn o dosturi fynd drwy'r dorf, nes roedd murmur i'w glywed drwy'r llys. Safai Nest yn welw, ond yn hunanfeddiannol wrth ochr ei thad, gan afael yn dynn yn ei law. Mae'n debyg pe buasai ei hunan yn gorfod ymddangos fel hyn o flaen llond y llys o bobl, mai i lewyg y syrthiasai yn y fan; ond roedd ei phenderfyniad mor gryf i wneud ymdrech i beidio achosi pryder i'w thad yn ei galluogi i fod yn dawel a digyffro. Synnai'n fawr hefyd wrth weld ei thad mor ddigynnwrf, ond priodolai'r cwbl i gydwybod glir, ac atebiad i'w herfyniadau hithau at Dduw drosto.

Dechreuodd yr Ustus ddarllen papur oedd ar y ddesg o'i flaen:

"Mewn trengholiad a gynhaliwyd o fy mlaen yn y *Bull Inn* ger Cricieth, swydd Gaernarfon, ar yr achlysur o lofruddiaeth Pugh Mervyn, o Blas Llwyd, gan y rheithwyr dywededig a dystiant ar eu llw i Pugh Mervyn gyfarfod â'i farwolaeth drwy ymosodiad llofruddiog arno, drwy daflu maen ar ei ben. Oddi wrth yr holl dystiolaethau a ddygwyd ymlaen, creda y rheithwyr i'r weithred gael ei chyflawni gan Nest Mervyn, gyda John Mervyn yn gyd-gyfrannog.

"Arwyddwyd, Joseph Price, Ustus.

"Mewn canlyniad i'r dyfarniad uchod cymerwyd y dywededig Nest a John Mervyn i'r ddalfa gan yr Arolygydd Jones, ac y maent yn awr yn mynd i ateb i'r cyhuddiadau yn eu herbyn.

"Nest Mervyn, rydych chi yn cael eich cyhuddo o ladd Pugh Mervyn, nai ac etifedd Syr Henry Mervyn, o Blas Llwyd. A ydych yn euog neu ddieuog?"

"Dieuog," atebai Nest yn eglur.

Yna cododd Mr. Hughes, cyfreithiwr teulu Plas Llwyd, i agor yr achos o blaid teulu y llofruddiedig, a galwodd ar Bill Tomos y porthmon, yr hwn a welodd y corff gyntaf, i ddyfod ymlaen i dystiolaethu.

"Fy enw yw William Tomos, ac rwyf yn borthwr yn Plas Llwyd ers tair blynedd. Bore ddoe, rhwng dau a thri, pan yn dychwelyd adref ar hyd y llwybr a arweiniai drwy goed y Plas, a phan yn mynd heibio i'r hen dŵr, syrthiais ar draws rhywun yn gorwedd ar y llwybr. Meddyliais mai dyn meddw oedd yno wedi colli ei ffordd, ac wedi gorwedd yno a chysgu; ond wrth godi i fyny rhoddais fy llaw mewn lle gwlyb, a phan edrychais arni roedd wedi'i gorchuddio â gwaed. Dychrynodd hyn fi yn fawr, a chychwynnais redeg ymaith, ond meddyliais pe buasai rhywun yn digwydd fy ngweld, fe allai mai fi gawsai y bai o gyflawni y weithred. Mae'n debyg ei bod hi'n lled agos i dri o'r gloch, gan fod y wawr yn dechrau torri; euthum yn ôl at y tŵr, a gwelais y dyn yn gorwedd ar ei wyneb, a charreg fawr wedi syrthio ar ei ben. Adnabyddais y dillad, a deallais mai Mr. Pugh Mervyn ydoedd; yna rhedais mor fuan ag y gallwn i hysbysu Mr. Pritchard, y stiward, yr hwn drachefn a'm hanfonodd i ddweud wrth Tom Davies am fynd i gyrchu y meddyg."

Mr. Pritchard, y stiward, a dystiai i Bill ei hysbysu o'r digwyddiad, ac iddo yntau anfon am y meddyg, y cyfreithiwr, a Roberts y plismon.

Nesaf galwyd ar Tom Davies.

"Thomas Davies ydy fy enw, ac rwyf yn yriedydd i Syr Harry Mervyn, ac yn byw yn y *lodge*. Bore ddoe deffrowyd fi ychydig wedi tri gan Bill Thomas, yr hwn a ddwedodd fod eisiau i mi fynd ar unwaith i Gricieth; fod Pugh Mervyn wedi ei ladd, ac eisiau cyrchu y meddyg a'r plismon. Gwneuthum bob brys i roddi hysbysrwydd i Mr. Hughes, Dr. Jones, a Roberts y plismon, y rhai a ddaethant i'r lle roedd Mr. Pugh Mervyn yn gorwedd mor gynted ag y gallai ein meirch eu cludo. Yn ystod fy absenoldeb bu'r Arolygydd Jones a Roberts yn hysbysu fy ngwraig eu bod yn disgwyl i mi roddi fy nhystiolaeth yn y cwest, a hynny a wneuthum. Mewn perthynas i'r hyn a welais y noson flaenorol, ni allaf ychwanegu at yr hyn a ddwedais ddoe, sef i mi, pan yn dychwelyd o'r Felin, weld Mr. Pugh yn ymddiddan â benyw yng nghae y ffynnon, a chan eu bod hwy ymhen draw i'r cae, a minnau yn y ffordd, nid oedd modd i mi glywed yr hyn a ddwedent; ond roedd pob ysgogiad yn dangos eu bod yn ymrafaelio. Taflai'r ddynes ei breichiau o amgylch, a chaeai ei dyrnau yn wyneb Mr. Pugh. Rhoddodd hergwd iddi nes y syrthiodd, a cherddodd yntau ymaith. Cododd hithau ar ei thraed ymhen ennyd, a rhedodd yn wyllt i lawr at y porth ac heibio i mi, gan sibrwd *I'll kill him, I'll kill him!*"

Mewn ateb i ofyniad iddo ddisgrifio'r ddynes, dywedodd y tyst,

"Un o daldra canolig ydoedd, a lled eiddil o gorff; er iddi redeg heibio i mi ni allaswn weld ei hwyneb, gan ei bod yn lled dywyll o dan y coed, a chan ei bod hithau wedi'i gwisgo mewn mantell ddu, a'r *hood* wedi ei godi dros ei phen, fel ag i orchuddio ei hwyneb i raddau mawr—na, ni feddyliais mai y garchares ydoedd—roedd yn gwisgo mantell gyffelyb i'r un sydd ganddi hi—Nid oedd cyn daled â Miss Mervyn."

Y nesaf a alwyd ymlaen ydoedd Dr. Jones.

"John Evelyn Jones yw fy enw, a meddyg wrth fy ngalwedigaeth. Anfonwyd amdanaf i weld y llofruddiedig, ac i ddatgan fy marn yn yr achos. Wedi archwiliad manwl ar y corff, a'r fan lle gorweddai, rwyf wedi cael digon o brawf mai llofruddiaeth ydyw, ac nid damwain. Yn y lle cyntaf, nid oedd y garreg wedi'i rhyddhau, ond bu'r llofrudd yn gorfod cymryd trafferth i hynny; a phe buasai'n rhydd, ni buasai'n syrthio o'r tu allan, ond i mewn i'r tŵr, gan fod osgo'r garreg oedd oddi dani yn rhedeg felly. Ac yn yr ail le, ni allasai y garreg ddisgyn ar ganol pen y truan fel y darfu heb i rywun ei thaflu. Fel y gwyddoch, nid ydyw mur y tŵr ond tua deg troedfedd o uchder, ac fod y llwybr sydd yn mynd heibio iddo ryw ddwy droedfedd oddi wrtho. Nawr, pe buasai dyn yn mynd heibio iddo, a charreg yn disgyn yr un adeg o'r mur yn ddamweiniol, syrthiai ar ei ysgwydd, neu fan bellaf, ar ochr ei ben. Ond y mae ôl traed Mr. Pugh Mervyn i'w gweld yn amlwg ar y llwybr, hyd nes y syrthiodd, yn dangos iddo gadw at y llwybr: taflwyd y garreg ar goryn ei ben, a syrthiodd yntau ar ei wyneb i lawr. Roedd yn rhaid i'r llofrudd godi y garreg o'i lle, a'i gollwng yn unionsyth ar ei ben."

Roberts, y plismon, a ddwedai iddo gael hysbysrwydd am y llofruddiaeth gan Thomas Davies, y gyriedydd, ac iddo ef ddyfod yn uniongyrchol i'r fan. Gwnaeth ef, yn cael ei gynorthwyo gan yr Arolygydd Jones, archwiliad lled fanwl o amgylch y fan, a thrwy yr ardal. Aeth i fyny i ail lawr y tŵr, yr hwn sydd yn ddi-do, ac o fur yr hwn y taflwyd y garreg, a'r hyn a ddaliodd ei sylw gyntaf oedd pwrs ar lawr.

Estynnwyd y pwrs i'r Ustus, yr hwn a ddarllenodd enw y gwneuthurwr arno, "*Newin & Co., Strand, London.*"

Ar hyn torrodd si mawr drwy'r dorf.

"Distawrwydd," meddai'r Ustus. "Ewch ymlaen," meddai wrth Roberts.

"Roedd ôl traed merch i'w gweld yn amlwg yn y pridd o amgylch y tŵr ac yn y llofft. Pan welais hynny euthum i gyrchu bocs bychan, a rhoddais ef ar ei wyneb ar un o'r argraffiadau rhag ofn iddynt oll gael eu dileu, gan feddwl os y buasai amheuaeth yn estyn ei bys at unrhyw berson y gallwn gael hyn yn un prawf. Felly y bu, a phan daflwyd amheuaeth ar y garchares euthum i ymofyn un o'i hesgidiau i Gricieth, ac roedd yn ffitio'r argraff i drwch y blewyn."

Edrychodd Nest yn syn ar y plismon wrth ei glywed yn dweud hyn; ni wyddai ei fod wedi bod yn nhŷ Jane Jones o gwbl, heblaw i'w chymryd i'r ddalfa. Roedd yn gweld y cadwynau'n cau'n dynnach, dynnach o'u hamgylch; ond gan ei bod yn teimlo yn ddieuog, meddyliai y gallai wneud i'w chyhuddwyr newid eu barn ond iddi gael rhoddi ei hamddiffyniad. Druan ohoni! Roedd ganddi eto i ddysgu mai pan y bydd carcharor yn ymddangos yn fwyaf dieuog, y pryd hynny y bydd dynion y gyfraith yn fwyaf amheus ohono.

Aeth Roberts ymlaen i ddweud fel roedd wedi clywed gan fachgen fod Tom Davies wedi gweld yr ymrafaelio yn y cae, ac iddo wneud ymholiad a fu neb dieithr yn y gymdogaeth. Yna daeth amryw ymlaen i ddweud eu bod wedi gweld y ddau garcharor yn mynd drwy'r ardal, ac na welsant y ddau'n dychwelyd yn ôl. Tystiodd Jane Jones nad oeddynt gartref, ond iddynt gyrraedd y tŷ tua thri o'r gloch y bore. Fel hyn roedd y rhai a ewyllysient eu cynorthwyo yn gorfod dwyn tystiolaeth oedd mor andwyol yn eu herbyn.

Wedi iddynt ddarfod cododd yr Ustus a dywedodd wrth Nest Mervyn, "Rydych wedi clywed yr hyn sydd wedi ei ddweud gan y tystion; beth sydd genych i ddweud drosoch eich hun?"

"Fy mod, fel y dywedais o'r blaen, yn hollol ddieuog o'r weithred."

"Eglurwch i ni pa fodd y digwyddodd i chi fod oddi cartref ar noson y llofruddiaeth."

"Drwy fy mod wedi byw erioed yn Llundain, roedd gennyf ddymuniad cryf i esgyn i ben mynydd cyn dychwelyd yn ôl i'r dref. Cydsyniodd fy nhad, ac aethom bore dydd Mawrth i fynydd Moel Ednyfed, gan fynd â bwyd gyda ni i dreulio'r diwrnod yno. Yn hwyr yn y prynhawn, pan yn cychwyn tuag adref, amgylchynwyd ni'n sydyn gan niwl tew, fel na allasem weld llathen ymlaen, a chan fod y mynydd yn lled beryglus, symudasom yn araf iawn. O'r diwedd daethom at ogof fawr, a dwedodd fy nhad y byddai'n well i ni aros yno hyd nes y cliriai'r niwl, ac roedd erbyn hyn yn dechrau nosi. Felly y bu, ac aethom i mewn, ac arosasom yno hyd nes roedd tua dau yn y bore, pan y cododd y niwl. Ni fûm erioed yn ymddiddan gair â Mr. Pugh Mervyn, ac ni welais ef ond unwaith pan yn eistedd yn y *lodge* yn disgwyl am fy nhad o'r Plas. Nid fy mhwrs i yw hwnna; dyma'r tro cyntaf i mi ei weld. Yn awr rwyf wedi dweud y gwir wrthych; nid oes gan fy nhad a minnau un llaw yn y weithred anfad a gyflawnwyd. Y mae Un goruwch pawb sydd yn y llys yma yn fy nghlywed ac yn fy marnu: nid oes arnaf ofn barn dynion, gan y gŵyr Ef fod fy nghydwybod yn glir, a'm dwylo yn lân oddi wrth yr hyn a ddygir yn fy erbyn."

Eisteddodd, neu yn hytrach syrthiodd Nest i gadair gerllaw iddi, wedi ei llwyr orchfygu gan yr ymdrech a wnaeth i roddi ei hamddiffyniad. Estynnodd rhywun ddiod o ddŵr iddi, ac adfywiodd hynny ddigon arni i allu gwrando ar ei thad yn rhoddi ei dystiolaeth.

Gofynnwyd iddo ddweud yr amcan oedd ganddo mewn golwg yn dyfod i Gymru, ac i ymweld â'i dad, yr hwn oedd wedi ei ddiarddel ers cymaint o flynyddoedd. I'r hyn yr atebodd John Mervyn yn ddibetrus, a dywedodd nad oedd ganddo un dymuniad etifeddu Plas Llwyd, ac nad oedd ganddo eiddigedd o gwbl tuag at yr etifedd a ddewiswyd yn ei le; ei unig neges oedd erfyn ar i'w dad roddi cartref i'w ferch, i Nest, os digwydd iddo ef farw'n sydyn, a hithau heb wneud cartref iddi ei hun. Cadarnhaodd hefyd yr hyn a ddwedodd Nest ynghylch treulio noson ar Foel Ednyfed, a dwedodd eu bod wedi anghofio cymryd y fasged fechan, oedd ganddynt yn cario'r bwyd, gyda hwynt o'r ogof, a bod honno'n brawf eu bod wedi bod yno fel y dwedwyd. "Nid oes gennym dystion i alw ymlaen i'n hamddiffyn, ac mae'r hyn a ddwedwyd eisoes yn tystiolaethu yn gryf i'n herbyn, felly nid oes gennym ond hyderu ar drugaredd Duw i gael cyfiawnder yn yr achos hwn."

Yna cyfododd Mr. Hughes y cyfreithiwr i wneud sylwadau ar y tystiolaethau.

VI.
Y Ddedfryd

Dechreuai Mr. Hughes:

"Mewn achos fel hyn, mae'n ofynnol i'r cyhuddedig gael pob chwarae teg lle y bydd amheuaeth. Ond rhaid i bawb gyfaddef fod y tystiolaethau yn gryf iawn yn eu herbyn. Yn un peth, y mae yma fab wedi cael ei ddietifeddu gan ei dad; y mae'r mab hwnnw a'i ferch yn dod i Gymru; y mae'r etifedd presennol yn cael ei ladd; beth sydd yn fwy naturiol nag i'r mab a ddiarddelwyd wneud hynny mewn munud o eiddigedd? A pheth arall, nid oes neb yn gallu tystio ym mha le roedd y mab hwn ar adeg y llofruddiaeth. Ond nid oes gennym ychwaneg na hyn o dystiolaeth yn erbyn John Mervyn; ni welwyd ef yn ymrafaelio, ac nid oes ôl ei draed ef tua'r tŵr. Felly mae'n rhaid i ni chwilio am rywun arall; a phwy mor naturiol i deimlo dros dad, a merch, unig ferch? Pwy ond plentyn a fuasai'n mynd i ymbil â'r etifedd i ofyn iddo wneud ei orau dros ei thad? Gwisgai'r fenyw fantell gyffelyb i'r garchares; siaradai yn Saesneg; ac roedd ganddi bwrs newydd o Lundain yn ei meddiant. Dywed preswylwyr yr ardal na fu yma neb arall dieithr yn ddiweddar, ac y mae'n annhebyg y buasai person dieithr yn mynd drwy ardal boblogaidd fel hon heb i rywun ei weld. Dywed y cyhuddedig eu bod wedi treulio noson ar ben mynydd—gallai hynny fod; ond roedd yn hollol glir oddi wrth niwl i lawr yng Nghricieth ar y noson dan sylw. Yn awr, rydym i farnu oddi wrth yr hyn a dystiolaethwyd, a gair noeth y ddau garcharor."

Wedi i'r Ustus symio i fyny yn hynod o ddiduedd, aeth y rheithwyr o'r neilltu i benderfynu y rheithfarn.

Ymhen deuddeng munud daethant yn ôl i'r llys, ac hysbysodd y blaenor eu bod yn cael ddedfryd o

LOFRUDDIAETH WIRFODDOL

yn erbyn Nest Mervyn, ac yn cael ei thad yn gyfrinachydd. Pan ddaeth y rheithwyr i mewn i'r llys, roedd distawrwydd a disgwyliad y dorf y fath fel y buasai person dall yn credu nad oedd un creadur byw yn y lle; ond pan ddeallwyd y ddedfryd, torrodd llefau o anfodlonrwydd drwy'r lle. Hysiwyd y rheithwyr, yr Ustus, William Mervyn, a'r tystion yn ddiwahaniaeth. Roedd Nest, yr ychydig y bu yn yr ardal, wedi llwyddo i ennill serchiadau y rhai y bu mewn cyfarfyddiad â hwy drwy ei thiriondeb at y plant a'i sirioldeb gyda phawb. Torrodd eu brwdfrydedd mewn condemniad o weithrediadau y llys fel y bu'r plismyn ar eu gorau yn ceisio'u gwasgaru, a chadw'r cynnwrf i lawr. Ymddengys mai yn erbyn William Mervyn, brawd y llofruddiedig, ac etifedd presennol Syr Harry, yr oeddynt yn arllwys eu llid yn bennaf. Roedd gair wedi mynd ar led fod William Mervyn wedi dweud ei fod yn gobeithio y cai Nest a'i thad eu cosbi hyd eithaf y gyfraith, ac y gwnâi ef ei orau tuag at hynny; a'i fod yn gresynu fod y gyfraith y rhan amlaf yn cyfnewid y ddedfryd o esgyn y crogbren i benyd wasanaeth pan fydd yr un a euogfarnwyd yn fenyw. Nid oedd Syr Harri yn y Llys, ac roedd Mrs. Mervyn yn rhy wael i godi o'i gwely, felly William Mervyn oedd yr unig un o'r teulu a ddaeth i Borthmadog. Roedd Tomos Davies gyda'r car yn disgwyl amdano wrth ddrws y llys, a phan daeth allan, dechreuodd y dorf waeddi yn enbyd; ac er holl ymdrechiadau'r swyddogion, taflwyd ato lawer o dywyrch, blawd, a phethau o'i fath. Edrychai Tomos Davies yn ddifrifol, er ei fod yn mwynhau'r cwbl i'r eithaf; ac nid oedd yn malio dim fod wy drwg wedi torri ar ei het orau, a blawd bron wedi'i ddallu, gan y gwyddai mai at William Mervyn yr amcenid eu taflu. Cymerodd y bonheddwr ieuanc afael yn yr awenau, a gyrrodd yn chwyrn o'r dref, ac o gyrraedd ei boenydwyr. Ni ddywedodd air wrth Tom ar hyd y ffordd, a phan yn agosáu at y Plas, disgynnodd o'r cerbyd.

"Af adref drwy'r coed yma," meddai, gan roddi'r awenau i Tom; "fe allai fod yna gynulleidfa o bleidwyr Nest Mervyn yn disgwyl amdanaf wrth y porth, ac nid oes arnaf eisiau mynd dan eu triniaeth fwy nag unwaith."

Nid oedd William Mervyn wedi camgymryd: roedd yno amryw yn disgwyl amdano ac yn falch o gael cyfle i ddangos eu hatgasrwydd tuag ato. Fel y nesâi Tom at y porth gwelai ben yn ymddangos y tu ôl i'r gwrych ar ochr y ffordd, yna un arall, ac un arall, a phan welwyd nad oedd neb ond Tom yn y cerbyd daethant oll o'u hymguddfa o bob ochr i'r ffordd, i holi Tom am ei feistr.

"Ym mhle mae o?" gofynnai un.

"Mae wedi eich gneud y tro yma," atebai Tom, "ond sut fu i chi wybod y ddedfryd o Borthmadog mor fuan?"

"Clywed rhai o'r hogia' yma'n deud ddaru mi; ond ni waeth gen i am y ddedfryd, cael cyfle ac esgus i dynnu tipyn ar falchder William Mervyn oedd yn fy meddwl i."

"Car Dr. Jones a aeth heibio ychydig yn ôl," atebai un arall, "a dywedodd y Doctor wrth wraig y *Dafarn Wen* sut y trodd pethau allan, dyna fel rydyn ni'n gwybod."

"O, rwy'n cofio i Dr. Jones fynd i ffwrdd gydag iddo glywed y ddedfryd."

"Be' sy wedi goreuro dy het orau mor dlws, Tom?"

"*Compliments* a gafodd Mr. William wrth ddrws y Cwrt, a chan fy mod innau'n agos ato cefais ran ohonynt."

"Ha! ha! ha!" chwarddent oll.

"Hai, gwrandewch, fechgyn," ychwanegai Tom, "mae William Mervyn yn ddig iawn am y driniaeth a gafodd, ac felly os clyw eich bod chi yn ymorfoleddu am hynny, *warnin'* fydd yn cael ei roi i rai ohonoch i ymadael o'ch tyddynnod a'ch ffermydd."

"Paid â gofalu, Tom bach, buasem ni'n cadw yn ddigon anweledig pe buasai'r hen ddraenog gyda thi. Ond dywed i ni i ba le yr aeth?"

"Disgynnodd tua therfyn tir Plas Llwyd ac aeth adref drwy'r coed, a rhaid i minnau fynd neu byddaf yn cael fy ngalw i gyfri."

Wedi i William Mervyn ddisgyn o'r cerbyd cerddodd yn araf ar hyd y llwybr a arweiniai heibio y tŵr. Myfyriai ar yr arddangosiad o ddrwgdeimlad a wnaed gan y bobl gyffredin tuag ato y diwrnod hwnnw: er cymaint o *stoic* ydoedd, roedd hyn yn cythryblu'i feddwl. Ai ymlaen â'i olygon tua'r llawr hyd nes y daeth gerllaw i'r tŵr, a bu agos iddo'n ddiarwybod redeg i hen wraig a safai ar y llwybr o'i flaen. Neidiodd yn sydyn wrth ei gweld, fel pe buasai wedi gweld drychiolaeth. "Beti'r Berth" y gelwid yr hen wraig, ac yr oedd yn cael y gair o fod yn medru witsio a darogan. Pa un bynnag am hynny, roedd ei harswyd ar holl blant y gymdogaeth, a llawer o bobl mewn oed hefyd. A oedd William Mervyn yn cyfranogi o'r arswyd ai peidio, ni ellir dweud, ond roedd ofergoeledd mor fawr yng Nghymru y dyddiau hynny—y dyddiau cyn i'r trên a'i lu o welliannau ddyfod i'r wlad—fel y byddai dynion, nad oeddynt yn parchu Duw na dyn, yn mynd yn blantos dan effeithiau ofergoeledd. Fodd bynnag, dychrynodd William Mervyn y tro hwn, ac fe allai fod ansawdd gythryblus ei feddwl, ac ymddangosiad yr hen wraig ar y llecyn lle y lladdwyd ei frawd, yn achosi hynny i raddau mawr.

"Hi! hi! mi neidi fwy eto, wêl di, William Mervyn," meddai'r hen wraig. "Oeddet ti'n meddwl mai ysbryd dy frawd oedd yma? Pe buasai ysbryd dy frawd yma, buasai'n dweud mai rhyw ddrygioni o'i eiddo ei hun a achosodd ei farwolaeth. Rwyt yn cael pleser wrth erlid geneth ddiniwed, ond daw'r cwbl i dy gwpan di eto; daw wir; ac mi fyddi dithau ar dy liniau o'i blaen hi eto'n erfyn iddi drugarhau wrthyt, a hithau'n troi oddi wrthyt gyda sarhad."

"Yn awr y gwn dy fod yn wallgof, fel maent yn dweud. Ni welaf yr eneth eto ond yn y frawdlys ymhen pythefnos. Mae wedi ei dedfrydu'n euog."

"Wn i ddim am y gyfraith na'r llysoedd yma, ond fy nghhred ddiysgog i ydyw y bydd yn edifar gennyt am yr hyn yr wyt yn ei wneud yn awr, ac y byddi'n ymbil am faddeuant ganddi eto; marcia di beth rwy'n 'i ddweud."

"Twt, lol!" ateba'r gŵr ieuanc yn sarrug, ac ymaith ag ef. "Rwyf yn ffôl i sefyll i wrando ar hen wrach fel yna'n chwedleua, ond dyma'r tro cyntaf a'r tro olaf i mi ymddwyn mor ffôl. Mae digwyddiadau'r dydd wedi effeithio ar fy *nerves*."

Wedi cyhoeddiad y ddedfryd syrthiodd Nest i lawr, a chariwyd hi'n ddideimlad o'r llys, a bu felly y rhan fwyaf o'r diwrnod hwnnw. Trannoeth, symudwyd y ddau garcharor i Gaernarfon i sefyll eu prawf. Roedd y frawdlys i'w chynnal ymhen pythefnos. Roedd Nest a'i thad yn derbyn pob caredigrwydd oddi ar law ceidwad y carchar; caniateid iddynt weld ac ymddiddan â'i gilydd am ysbaid bob dydd. Eu prif hyfrydwch oedd darllen y Beibl, chwilio am addewidion cysurlawn sydd ynddo i rai mewn profedigaethau, ac adroddai Nest yr adnod honno yn Eseia yn aml:

"Nac ofna; canys rwyf fi gyda thi: na lwfrha; canys myfi yw dy Dduw: cadarnhaf di, cynorthwyaf di hefyd, a chynhaliaf di â deheulaw fy nghyfiawnder."

"Onid ydyw'n adnod ardderchog, fy nhad? Mae fel pe bai wedi'i llefaru'n bwrpasol i ni. Rwyf wedi darllen y Beibl bedair gwaith drosodd, ac ni sylwais ar ei phrydferthwch erioed o'r blaen: roedd yn rhaid i mi ddyfod i'r carchar i'w deall yn ei llawn ystyr."

Ar y trydydd dydd o'u carchariad, hysbyswyd Nest fod bonheddwr yn deisyf cael ymddiddan â hi. Arweiniwyd ef i mewn i'r gell, ac er ei mawr syndod a llawenydd, gwelai Nest Mr. Frederick Vaughan, mab y bonheddwr yn y swyddfa lle roedd ei thad yn dilyn ei alwedigaeth. Dyn ieuanc tal, lluniaidd, oedd Frederick Vaughan, yn meddu gwallt tywyll bron yn ddu, llygaid llwydion llym-dreiddiol, *moustache* tywyll, a genau a gên yn arddangos penderfyniad diysgog. Roedd y rhan uchaf o'i wyneb yn dyner, a'r rhan isaf yn gadarn. Nid oedd dim eiddilwch i'w weld yng nghyfansoddiad Frederick Vaughan, ond yn hytrach cryfder; cryfder corfforol yn gyd-unol â'r symudiadau mwyaf cyflym a deheuig; cryfder meddwl, yn gyd-blethedig â'r tynerwch mwyaf swynol.

"Miss Mervyn annwyl," meddai'r gŵr ieuanc, gan fynd ymlaen ati'n frysiog, ac estyn ei law i'w chyfarch, "mae'n wir ddrwg gennyf am eich profedigaeth."

"Rwyf yn synnu'n fawr eich gweld yma, Mr. Vaughan," atebai Nest. "Sut y digwyddodd i chi glywed ein helynt?"

"Clywodd fy nhad yn Llundain, ac roedd yn pryderu yn fawr yn eich cylch chi a Mr. Mervyn. Wrth weld ei bryder, cynigiais i ddod i Gymru i gael gwybod y manylon ynghylch eich helynt, a dyma fi. A dweud y gwir," ychwanegai'r bonheddwr, gan wenu, "roeddwn innau mewn llawn cymaint pryder â fy nhad, a'r unig ffordd i mi gael esmwythâd oedd dyfod yma'n ddiymdroi."

Gwridodd Nest wrth eiriau Mr. Vaughan, ac atebodd yn syml, "Rwyf yn teimlo'n ddiolchgar o'm calon i'ch tad, ac i chithau, am eich gofal a'ch caredigrwydd tuag atom yn y brofedigaeth lem hon. Mae'n sicr fod galwad amdani, ac rwyf yn ceisio ymostwng yn dawel."

"A chi ddeuwch ohoni fel aur coeth."

"Mae gennyf amheuaeth mawr a ddeuwn byth ohoni. Cyn bod o flaen yr ustus roedd gennyf hyder mawr y buasai ein diniweidrwydd yn gwneuthur ei hunan yn ganfyddadwy yn ein hwynebau, geiriau, ac ysgogiadau, ond erbyn hyn rwyf yn deall yn wahanol. Nid wyf yn beio neb; roedd yn amhosibl rhoddi dedfryd wahanol yn wyneb tystiolaethau mor gryfion i'n herbyn. A glywsoch chi'r manylion?"

"Do."

"Sut roeddynt yn effeithio arnoch chi?"

"Gwrandewch Nest—gadewch i mi eich galw felly—
nid dod yma o Lundain a ddarfu i mi er mwyn barnu, oddi
wrth yr hyn a glywn, a oeddech yn euog ai peidio; nage,
dod yma i'ch cynorthwyo orau gallwn, am fy mod yn
gwybod pa bethau bynnag a ddygid yn eich herbyn eich
bod chi a Mr. Mervyn yn hollol ddieuog."

Estynnodd Nest ei llaw tuag ato i ddangos ei
diolchgarwch am ei eiriau cysurlawn; llifai'r dagrau dros ei
gruddiau. Cymerodd Frederick afael yn ei llaw, a daliodd
afael ynddi am y gweddill o'r amser y bu yno.

"Nest," meddai, "rwyf yn sicr na fûm yn alluog, tra yn
eich cymdeithas yn Llundain, i guddio o'ch golwg fy ngwir
deimlad tuag atoch. Roeddwn wedi arfaethu gwneud
hynny'n amlwg drwy gynnig fy hun i chi wedi eich
dychweliad o Gymru; ond gan fod pethau annisgwyliadwy
wedi digwydd, fel ag i'ch rhwystro i ddychwelyd mor fuan
ag y dymunech, rwyf fi wedi dyfod yma atoch chi i wybod
fy nhynged. Annwyl Nest, gadewch i mi gael yr hawl i'ch
amddiffyn drwy eich cydsyniad i ddyfod yn wraig i mi, mor
fuan ag y cawn eich rhyddhau o'r lle annymunol hwn."

Ymdrechodd Nest ryddhau ei llaw, a phwysodd ei phen
ar ei llaw arall.

"Mae eich caredigrwydd yn fy ngorchfygu. A ydych
wedi ystyried yn ddifrifol yr hyn ydych wedi'i wneud?
Cynnig eich hun i un sydd yn y carchar am lofruddiaeth
ysgeler, yr hon, os ca fynd yn rhydd ryw dro, fydd yn staen
ar ei henw tra y bydd byw."

"Nid wyf yn ystyried nac yn deall dim, ond fy mod yn
ceisio gan yr hon rwyf yn ei charu, a'r hon sydd yn fy
ngharu innau, wneud amod â mi. Fy anwylyd, ni fyddech
yn arfer edrych ar yr ochr dywyll, ond bob amser yn canfod
ryw belydr o oleuni ym mhob peth. Ceisiwch wneud yn ôl
eich arfer nawr: mae gennyf hyder mawr y try pethau allan

yn well yn y Sesiwn, ac y cewch eich rhyddhau. Y mae fy nhad wedi cyflogi'r *Counsellor* gorau oedd yn Llundain i'ch hamddiffyn yn y prawf, a bydd yn sicr o weld ryw linellau anweledig i bobl gyffredin, a brofant eich diniweidrwydd. Nid ydych wedi rhoddi un atebiad eto i mi, Nest."

"Pa fodd gallaf?" atebai'r eneth yn wylofus; "yr unig ateb a allaf roddi ydyw, na wnaf byth dynnu gwarth ar eich enw. Pe buasai'r gwir lofrudd yn dod i'r golwg, ac i ninnau gael ein cyhoeddi'n ddieuog, yna, fe allai, y rhown ateb gwahanol. Ond tra mae'r cyhuddiad yma'n gorffwys arnaf, pa un bynnag ai rhydd, ai'n garcharor y byddaf ar ôl y Sesiwn, ni cha enw arall ddioddef oherwydd y staen sydd ar fy enw i."

"Ni orffwysaf nos na dydd o hyn allan hyd nes y deuaf o hyd i'r euog. Dyma fydd amcan fy mywyd, ac rwyf yn credu y corona yr Arglwydd fi â llwyddiant. Ffarwel i chi ar hyn o bryd, fy anwylyd; mae Dr. Lewis yn sicr o fod yn disgwyl amdanaf."

"Dr. Lewis?"

"Ie, daeth gyda mi o Lundain, ac mae gyda'ch tad yn awr. Dychwela yfory, ond arhosaf fi yma hyd nes bydd y frawdlys drosodd, ac hyd y byddaf yn gweld angen amdanaf arnoch. Daw Dr. Lewis hefyd yn ôl gyda fy nhad cyn y daw'r achos ymlaen, i wneud eu gorau ar eich rhan."

"Rwyf, rhaid i mi addef, yn gweld ychydig olau drwy'r cwmwl du yma; sef, nad oes ond tair wythnos hyd y byddwn yn cael pen ar yr achos. Beth pe buasai raid i ni ddisgwyl am bedwar neu bum' mis?"

"Ymwrolwch, a gobeithiwch y gorau," meddai'r bonheddwr gan godi ei llaw at ei enau, a'i chusanu. "Ffarwel yn awr."

VII.
Ymweliad â Phlas Llwyd

Eisteddai Syr Harry Mervyn yn ei lyfrgell y prynhawn canlynol i ymweliad Dr. Lewis a Mr. Frederick Vaughan gyda John a Nest Mervyn. Pwysai ei ben ar ei law, tra'r edrychai'n sobr allan drwy'r ffenestr. Roedd yn hawdd canfod nad oedd yn gweld dim o'r gwrthrychau oedd o'i flaen, ond roedd fel pe buasai'n edrych tu hwnt iddynt i'r anweledig. Sylwai pawb fod yr hen farwnig wedi mynd i edrych flynyddoedd yn hŷn er pan y lladdwyd Pugh Mervyn; ond nid oedd neb yn gwybod pa un ai hiraeth am ei nai[*], ynte gofid dros ei fab a achosodd y cyfnewidiad. Ni siaradai ond ychydig iawn ynghylch y mater, ond amlygai'r awyddfryd mwyaf i gael gwybod pob manylion yn ei gylch. Torrwyd ar ei fyfyrdodau drwy i'r gwas ddyfod i'w hysbysu fod dau fonheddwr yn dymuno cael ei weld, Dr. Lewis a Mr. Frederick Vaughan.

"Enwau dieithr i mi," meddai'r hen ŵr, "ond arweiniwch hwy i mewn, John."

Daeth y ddau fonheddwr i mewn.

"Syr Henry Mervyn?" meddai'r meddyg gan foesymgrymu.

"Ie," atebai Syr Harry, "a chi yw...?"

"Dr. Lewis, meddyg o Lundain; a'r bonheddwr yma yw Mr. Frederick Vaughan, mab i Mr. Vaughan, yn swyddfa yr hwn roedd eich mab, Mr. John Mervyn, er pan y daeth i'r Brifddinas."

---

[*] Llysfab yw Pugh Merfyn i Syr Harry, yn hytrach na nai yn yr ystyr fodern; fodd bynnag arferid defnyddio'r term yn gyffredinol i gyfeirio at berthynas ifanc agos rhywun nad oedd yn blentyn iddo.

"A gallaf ychwanegu," meddai Frederick Vaughan, "fod gennym gymaint o barch ac edmygedd tuag at Mr. a Miss Mervyn fel ag yr ydym yn ceisio gwneud ein gorau i'w tynnu allan o'r brofedigaeth y maent ynddi yn awr: a'n diben yn dyfod yma heddiw ydyw cael ychydig ymddiddan â chi ar y pwnc yma."

"Rwyf yn hollol at eich gwasanaeth, foneddigion," atebai'r hen ŵr, gan droi'n anesmwyth yn ei gadair.

"Y mae ein crediniaeth ni mor gryf, mor ddiysgog, yn niniweidrwydd John a Mest Mervyn, fel y buasai'n llawn mor hawdd gennym gredu i angel glân o'r nef fod yn euog o'r cyfryw drosedd. Beth yw eich barn ddiduedd chi, Syr Harry?" gofynnai Dr. Lewis.

"Gwyddoch fy mod i wedi diarddel John Mervyn ers blynyddoedd, ac felly ni allaf fi roddi barn yn y byd yn ei gylch, Dr. Lewis."

"Rydw i'n gwybod yr hanes i gyd. Dywedodd wrthyf pan ddaeth i ymgynghori â mi ynghylch ansawdd ei galon. Ond fel y dywed y Sais, '*Let bygones be bygones*,' a chymryd i ystyriaeth yr hyn sydd gennym dan sylw yn awr. Deallwch hyn, Syr Harry: pa beth bynnag a ddwedwch ni wneir defnydd ohono, gan nad ydym ni yma'n swyddogol, ond yn unig fel cyfeillion eich mab."

Cyfododd yr hen fonheddwr yn sydyn, ac aeth at ddrws yr ystafell; agorodd ef, ac edrychodd yn ôl a blaen.

"Esgusodwch fi, ond roeddwn i'n meddwl fy mod yn clywed awel o wynt," meddai wrth gymryd ei eisteddle drachefn. Druan bach, mor hawdd oedd gweld drwy ei ystryw. Edrychodd Dr. Lewis a Fred Vaughan yn awgrymiadol ar ei gilydd, a deallasant fod ar yr hen ŵr ofn i rywun fod yn gwrando ar yr hyn oedd yn mynd i'w ddweud wrthynt. Nesaodd ei gadair at y ddau ymwelydd, a dechreuodd mewn llais distaw,

"Yr wyf innau lawn mor sicr â chithau na ddarfu i John Mervyn erioed godi ei law yn erbyn yr hwn a laddwyd, ac oddi wrth yr hyn a glywaf am ei ferch roedd yr un mor amhosib iddi hithau ei gyflawnu."

"Yn hollol felly," meddai Fred Vaughan.

Edrychodd yr hen ŵr yn graff ar Fred am ennyd, ac yna aeth ymlaen, "Gadewch i mi orffen yr hyn sydd gennyf i'w ddweud heb fy rhwystro, rhag ofn i mi gael fy aflonyddu, ac i'r cyfle fynd heibio am byth.

"Foneddigion! Rwyf yn credu mai barn Duw arnaf oedd y llofruddiaeth yma. Er pan y digiodd fy mab fi, ac y diarddelais ef yn fy ngwylltineb, ac y dywedais ar fy llŵ na wnawn faddau iddo byth, o hynny hyd yn awr mae baich o bechod yn gorwedd ar fy nghydwybod. Duw'n unig â ŵyr gymaint rwyf wedi hiraethu amdano, ond fod y balchder hunanol yma wedi fy nghadw rhag anfon amdano adref; ac hefyd cymryd fy nylanwadu'n fwy nag a ddylaswn. A'r dydd o'r blaen, pan y daeth yma, fel y bu agos i mi a'i gofleidio yn yr ystafell hon, oni bai fy mod yn ceisio bod yn wrol, ac yn galed—i ddangos i'r byd fy mod, fel fy hen dadau, yn 'ddyn at fy ngair.' O ffolineb! Aberthu bywyd o gysur er mwyn cysgod gwag! Ac nawr mae John yn y carchar heb ddim ynddo'n haeddu hynny. O fy mab! Fy mab! O na allaswn ddioddef yn dy le. Fy unig blentyn yn y carchar, a'i unig blentyn yntau yr un modd. Gwae, gwae fi o herwydd hyn oll!"

Roedd yr hen ŵr fel pe buasai wedi anghofio fod neb ond ef yn yr ystafell, ac roedd ei ofid dwys wedi llwyr orchfygu teimladau'r ddau ymwelydd.

Wedi ennyd o ddistawrwydd, cododd yr hen ŵr drachefn, a chlôdd y drws. Yna aeth at ddesg, ac o ddrôr ddirgel tynnodd allan rôl o bapur. Ymddangosai'n gynhyrfus iawn, a chrynai ei ddwylo fel y dodai hwn ar y bwrdd.

"Foneddigion, rwyf yn credu mai cyfeillion cywir i'm mab anffortunus ydych?"

"Ie, cyfeillion o galon iddo," atebai'r meddyg.

"Yn awr rwyf yn credu yn hollol, mai Rhagluniaeth Duw a'ch hanfonodd yma heddiw, mewn trefn i mi allu gwneud hynny o iawn sydd bosib am fy ymddygiad tuag at fy mab. Dyma fy ewyllys," meddai, gan agor y papur, "deuwch yn nes a darllenwch hi, ac rwyf yn hyderu y gwnewch eich dau ei harwyddnodi."

Ymgrymodd y ddau fonheddwr dros y papur, a darllenasant ef yn fanwl. Roeddynt yn synnu'n fawr at ei gynhwysiad, ond ni roddasant un awgrym o hynny i'r barwnig.

"Rydych yn deall ei gynhwysiad?" gofynnai Syr Harry.

"Ydyn."

"Bore heddiw ysgrifennais yr ewyllys yna â'm llaw fy hun, ac ni ŵyr un enaid byw ond chi a minnau amdani. Ychydig cyn i chi ddyfod yma, roeddwn yn pryderu'n fawr pwy a gawn i'w harwyddnodi. Nid oeddwn yn dymuno i neb o'm cydnabod wybod amdani, ac felly roeddwn mewn penbleth yn ei chylch, ond cawsoch chi'ch harwain yma yn rhagluniaethol i fy nghynorthwyo. Mae'n hapus iawn hefyd fod un ohonoch yn feddyg, gan y gellwch chi, Dr. Lewis, dystio fy mod yn llawn feddiant o fy synhwyrau pan yn gwneud yr ewyllys hon—hynny yw, pe byddai ryw ddadlau yn codi yn ei chylch wedi i mi farw."

Ar hyn aeth y ddau fonheddwr ymlaen i arwyddnodi eu henwau.

"Rwyf yn dymuno i chi beidio datguddio'r gyfrinach hon i neb," ychwanegai Syr Harry, "ond os yw fy mab, fel yr ydych yn dweud, mewn perygl oddi wrth ei galon, dwedwch wrtho ef yn unig; a dwedwch fel y mae ei dad yn teimlo drosto. Daliwch sylw; nid wyf yn torri fy llw wrth wneud hyn: mi a ddi-etifeddais fy mab, ond *ni ddwedais air erioed yn erbyn ei blentyn*. Gallaf farw'n dawel yn awr."

"Y mae hyn o drafodaeth, er yn annisgwyliadwy iawn, wedi achosi llawenydd mawr i fy nghyfaill a minnau," meddai Dr. Lewis, "a da iawn gennyf erbyn hyn i mi ddod yma, a cymryd fy mherswadio i beidio mynd i ffwrdd ddoe."

“Un peth arall y dymunaf ddweud,” meddai’r hen ŵr, “Nac arbedwch gost i gael rhai i ddadlau dros fy mab yn y frawdlys agosaol. Cymeraf i’r holl draul, ond i chi chwilio allan am ddyn cyfaddas.”

“Mae *counsellor* o Lundain yn dyfod i Gymru yfory i gymryd yr achos i fyny ar ran Mr. Mervyn,” atebai Mr. Fred Vaughan.

“Diolch yn fawr i chi, rwyf yn barod i wario hynny a feddaf ar ei ran.”

“Ond esgusodwch fi, Syr Harry, y mae fy nhad wedi cyflogi’r cyfreithiwr hwn, felly ef a wna dalu iddo. Mae’n dymuno gwneud hynny o herwydd ei edmygedd o John Mervyn, a chan mai ef oedd gyntaf yn y maes, rwyf yn meddwl y dylai gael ei ffordd ei hun yn hyn.”

“Wel, wel, fe allai mai felly yw’r gorau; rwyf i wedi gadael John yn rhy hir i garedigrwydd estroniaid, fel nad oes gennyf hawl ynddo nawr.”

“A fuasech chi’n hoffi gweld eich mab?” gofynnai Dr. Lewis.

“Na, gwell ydyw peidio ar hyn o bryd, fe allai y caniatâ yr Arglwydd i fi ei weld ryw adeg cyn fy marw, ac os na chaf ei weld yma cawn ‘gwrdd yr ochr draw’.”

Ar hyn, cyfododd y ddau fonheddwr ac ymadawsant â’r barwnig trallodus gan beri iddo hyderu y cai ei fab a’i wyres eu rhyddhau o afael y gyfraith yn y frawdlys agosaol. Cerddasant yn araf hyd rodfa’r Plas, am ysbaid mewn distawrwydd, y naill a’r llall yn myfyrio ar yr hyn a glywsent. O’r diwedd nesaodd y meddyg at ei gyfaill a gafaelodd yn ei fraich.

“Wel, Fred,” meddai, “beth ydych chi’n ei feddwl o’r hyn a glywsom yn y Plas?”

“Rhaid i mi gyfaddef, Dr. Lewis, mai meddwl hunanol oedd gennyf pan y daethom allan gyntaf; hynny yw, teimlo’n llawen fy mod wedi cynnig fy hun i Nest Mervyn ddoe yn y carchar cyn gwybod ei bod yn etifeddes mor fawr.

Wrth gwrs, mae Nest yn gwybod na wnâi arian un gwahaniaeth i mi, ond gallai rhai eraill feddwl."

"Ni wnâi neb sydd yn eich adnabod, Fred, feddwl hynny."

"Pwy yw hwn sydd yn dod i'n cyfarfod? Mr. William Mervyn, onide?"

"Ie; gwell i ni gael ymddiddan gair ag ef."

Pan ddaeth Mr. William Mervyn yn agos atynt, safodd y ddau fonheddwr, ac wrth eu gweld fel yn dymuno ymddiddan ag ef, trodd William Mervyn atynt. Cododd y ddau fonheddwr eu hetiau a chyfarchodd y meddyg ef.

"Dau ŵr dieithr o Lundain ydym ni: Mr. Frederick Vaughan ydyw fy nghyfaill, a'm henw i ydyw Dr. Lewis. Ein neges yma oedd cael ymddiddan â Syr Harry Mervyn."

"Ar ran y carcharor," meddai William Mervyn gyda gwên wawdlyd.

"Nid yn yr ystyr yr ydych chi'n ei feddwl, Mr. Mervyn. Ni wyddai John Mervyn ddim o'n taith, a'r amcan, mewn golwg gennym oedd ceisio casglu ychydig ychwaneg o oleuni ar ei achos."

"A fuoch chi'n llwyddiannus?"

"Do, i raddau," atebai Frederick Vaughan.

"Rwyf i'n meddwl bod llawn ddigon o oleuni wedi'i gael yn barod," atebai William Mervyn, "y maent wedi'u condemnio eisoes; a fy nymuniad i ydyw y cai llofrudd fy mrawd deimlo blas y gosb hyd yr eithaf."

"Amen!" meddai Dr. Lewis.

"Ie, llofrudd eich brawd," ychwanegai Fred Vaughan.

"Mae'n debyg pe y siaradem â'n gilydd o hyn i'r Nadolig na ddeuwn byth i'r un farn. Felly rwyf yn ewyllysio dydd da i chi, foneddigion."

"Wel, o'r holl ddynion sarrug a welais i erioed, hwn yw'r gwaethaf," meddai Dr. Lewis, wedi i William Mervyn gerdded ymaith.

VIII.
Y Rheithfarn

Safai Mrs. Mervyn yn nrws Plas Llwyd, â'i llaw ar ei thalcen i gysgodi'r golau oddi ar ei llygaid. Edrychai'n ddyfal tua'r ffordd a arweiniai tua'r dref, ac ymddangosai fel pe bai'n disgwyl gweld rhywun yn dod. Cyn hir gwelid marchogwr yn dyfod i gyfeiriad y Plas, ac wrth ei weld aeth Mrs. Mervyn i mewn i'r tŷ, ond daeth yn ôl i'r drws cyn i William Mervyn ddisgyn oddi ar ei farch.

"Wel?" meddai Mrs. Mervyn.

"Wel; nid wyf yn mynd i sefyll yn y drws i ymddiddan, fel y clywo pawb a ddigwyddo fynd heibio," atebai ei mab gan fynd heibio iddi i'r tŷ.

Canlynodd Mrs. Mervyn ef heb ddweud gair. Gwelai ei fod wedi ei gythruddo'n fawr gan rywbeth, ac roedd ganddi ofn ei mab ieuengaf pan y byddai wedi colli ei dymer. Byddai'n dylanwadu ar Pugh fel y mynnai, er y byddent yn aml yn cael pwt o ffrae; ond y fam a fyddai bob amser yn dod allan yn fuddugoliaethus. Ond gyda William roedd yn wahanol; yma cyfarfyddai ag ewyllys mor ystyfnig â'r eiddo'i hun, ac o flaen yr hon y byddai yn aml, o herwydd ei benderfyniad di-ildio, yn gorfod plygu. Dilynodd ef i'w ystafell, lle roedd y bwyd ar y bwrdd yn disgwyl amdano, ac eisteddodd yn ddistaw gan ddisgwyl iddo ddechrau siarad. Ond nid oedd William Mervyn am ei rhoddi o'i phryder un munud cynt nag yr ewyllysiai ei hun. Bwytai ei fwyd yn hamddenol, gan edrych ar bapur newydd yn awr a phryd arall, heb gymryd mwy o sylw o'i fam na phe buasai'n un o'r lluniau a addurnent yr ystafell. Wrth weld fod William fel yn cymryd pleser i'w phoenydio, cododd tymer Mrs. Mervyn, ac aeth i gyfeiriad y drws, gan feddwl mynd o'r ystafell. Yn hyn fe'i lluddiwyd drwy i'w mab alw arni'n ôl.

"Eisteddwch i lawr, mam, er mwyn i chi glywed sut yr aeth yr achos yng Nghaernarfon heddiw."

"Ie, rwyf yn bryderus iawn ynghylch y ddedfryd."

"Os felly, rhaid i chi fod mewn pryder eto, gan na allaf ddweud y ddedfryd wrthych."

"Beth wyt ti'n ei feddwl, William? Onid oeddet yn y llys, ac oni chlywaist gyhoeddi'r ddedfryd?"

"Naddo; ni chlywais y ddedfryd, er fy mod yn bresennol yn y llys," atebai William gyda gwên.

"Tyrd, dywed wrthyf sut fu. Neu a ydyw'r achos heb ei derfynu? Dyro eglurhad."

"Mae'r achos wedi ei derfynu, ond ni allaf eich hysbysu o'r ddedfryd, am y rheswm nad oedd yno reithfarn na dedfryd o gwbl."

Cododd Mrs. Mervyn ei dwylo i fyny mewn syndod.

"Hawdd y gellwch synnu at y peth, mam. Ni welais ac ni chlywais i y fath gamwri erioed o'r blaen. Pe buasem yn yr America buaswn yn gallu deall y fath beth, gan eu bod yn dweud y byddant yn arfer llwgr-wobrwyo yno weithiau. Ond yma mae'n wahanol; a'r cwbl a allaf fi ddweud yw mai pac o ffyliaid oedd y *grand jury*, a hen wragedd oedd y rhai a eisteddent ar y fainc."

"Rwyf yn synnu ac yn rhyfeddu. Eu cael yn euog yn y cwest, ac o flaen yr Ustus, a'u gollwng yn rhydd yn y frawdlys! Wel, wel!"

"Mae llawer un cyn hyn wedi cael ei grogi ar lai o'r hanner o dystiolaeth yn ei erbyn."

"Ar ba sail y gollyngwyd hwy'n rhydd?"

"O mae'n debyg mai araith y *counsellor* o Lundain a drodd y fantol. Llwyddodd i daflu gwedd amheus ar bob tystiolaeth a ddygwyd ymlaen yn eu herbyn, a gwnaeth yn fawr o'r fasged a gafwyd yn yr ogof, yr hon oedd yn profi iddynt fod yno; a'r canlyniad fu i'r achos gael ei daflu allan gyda rheithfarn agored."

"Y cwbl a allaf fi ddweud ydyw fod hi'n ddrwg iawn gennyf glywed hyn."

Roedd natur Mrs. Mervyn lawn mor ddialgar â William; ac roedd hi'n amlygu'i gwir deimlad wrth ddweud fod yn ddrwg ganddi glywed i John a Nest Mervyn gael eu gollwng yn rhydd.

"Gwell i mi fynd i hysbysu Syr Harry am y newydd da," meddai William gan godi ar ei draed.

"Na; mae dy ewyrth wedi mynd i'w ystafell, ac yn dymuno cael pob llonyddwch hyd nes y daw John yn ôl o Gricieth gyda photelaid o ffisig iddo."

"Â ydych wedi sylwi, mam, fod yr hen ŵr wedi cyfnewid yn fawr er pan y mae'r achos yma wedi dechrau? Ar y cyntaf roedd yn ymddangos yn ofnus a phryderus, ond ers ychydig ddyddiau mae'n ymddangos yn llon ac yn llawn asbri. Tro garw fyddai pe ofer fyddai ein disgwyliadau yn y diwedd," meddai y gŵr ieuanc gan chwerthin.

"Os bydd rhywbeth yn fwy pwysig a difrifol nag arfer, byddi di'n sicr o'i wneud yn destun chwerthin," atebai ei fam yn ddigllon; "ond gelli fod yn dawel ar y pen yma. Darfu i Syr Harry dyngu trwy lw na etifeddai ei fab Plas Llwyd, ac rwyf yn ei adnabod yn rhy dda i ofni iddo dorri ei lw er neb."

"Da iawn; ond a ydyw wedi gwneud ewyllys yn fy ffafr i?"

"Mi ddwedais wrthyt o'r blaen iddo wneud un ddau ddiwrnod wedi llofruddiaeth dy frawd, ym mha un y mae pob peth yn dyfod yn eiddo i ti, ond rhyw dri chant o bunnau i'w was John."

"Rwyf am fynd allan am dro yn awr i ymlid gweithrediadau y frawdlys o fy meddwl."

Yn ei ystafell eisteddai'r hen farwnig ar gadair esmwyth gerllaw'r ffenestr, drwy'r hon yr edrychai beunydd i weld a oedd John, ei hen was neilltuol ei hun, yn dyfod. Nid oedd Syr Harry mor wael, ond roedd arno eisiau llonyddwch; deffrodd yn fore gyda baich o bryder yn gorwedd ar ei ysbryd, wrth gofio y byddai tynged ei fab a'i wyres yn cael ei phenderfynu'r diwrnod hwnnw. Anfonodd John i Gricieth gyda'r esgus i ymofyn am feddyglyn gan y meddyg; ond mewn gwirionedd i wylio dychweliad Roberts y plismon, ac i gael hanes y prawf ganddo. Roedd yr hen ŵr yn dymuno gweld John yn dychwelyd, ac eto, ofnai'n fawr glywed ei genadwri. Gwelodd William Mervyn yn dyfod at y tŷ, ond nid anfonodd amdano i'w ystafell, ac ni feiddiai neb fynd yno heb ei wahodd. O'r diwedd, gwobrwywyd amynedd Syr Harry drwy weld John yn dyfod ar frys gwyllt at y tŷ, ac i mewn i'r ystafell, gan waeddi,

"Rhydd, rhydd! Eu gollwng yn rhydd!"

Y funud nesaf gwelai'r hen ŵr yn ymollwng i lewyg. Rhedodd John i roi clo ar y drws, ac yna i'r cwpwrdd i chwilio am frandi. Tywalltodd ychydig o'r gwirod rhwng gwefusau'r hen ŵr, ac ysgydwai bapur newydd yn ôl ac ymlaen er creu gwynt iddo. Gwyddai'n dda y byddai'n well gan ei feistr iddo beidio galw ar neb i'w gynorthwyo; ond ofnai'n fawr wrth ei weld yn hir heb ddadebru y byddai raid iddo hysbysu Mrs. Mervyn. Pan mewn penbleth ynghylch pa beth i'w wneud, agorodd Syr Harry ei lygaid, ac estynnodd y gwas wydraid o frandi a dŵr iddo.

"John bach, beth oeddet ti'n gwaeddi mor sydyn pan ddoist i mewn?" meddai Syr Harry, gan roddi'r gwydr ar y bwrdd.

"Wyddoch chi be', mistar, mi fuom yr holl ffordd o Gricieth yma'n meddwl p'run oedd ora' i mi wneud, pa un ai deud yn sydyn, ynte'n ara' deg. Rown i'n meddwl pe baswn i'n dechrau deud pob peth a ddywedodd Roberts y plismon wrthyf, a'ch cadw chi'n hir heb wybod y rheithfarn, buasech yn meddwl yn union mai newydd drwg oedd gen i i ddeud, ac yn treio ei gadw tan y diwedd; felly penderfynais eich rhoddi o'ch pryder ar unwaith."

Chwarddodd yr hen ŵr, a dywedodd, "Ti a'm rhoist o'm mhryder mewn ffordd effeithiol iawn. Ond dywed yr hanes wrthyf fel y clywaist ef gan Roberts. A yw John, fy mab, a'i ferch yn rhydd?"

"Ydynt, maent yn rhydd, ac yn cychwyn yfory am Lundain gyda'u cyfeillion. Roedd Roberts yn dweud na welodd erioed achos â chymaint o frwdfrydedd gan y dorf o blaid y carcharorion."

"Paid â dweud y gair yna amdanynt eto, John bach."

"Wel, mistar annwyl, deud geiria' Roberts yr ydw i. Ond ni ddwedaf y gair yna eto; nid ydynt yn garcharorion yn awr, ac ni ddylasent fod erioed. Roedd y llys yn llawn dynn o bobl, a channoedd tu allan, a phan ddeallwyd y rheithfarn gan y rhai oddi allan dechreuasant waeddi, a chwifio eu hetiau a'u hancesi nes roedd yr hen gastell yn diasbedain."

Gwrandawai yr hen ŵr â gwên ar ei wyneb, a'r dagrau yn treiglo dros ei ruddiau.

"Roedd Roberts wedi synnu at allu dyn Llundain oedd yno. Er mor giwt ydy'r plismon, roedd yn rhaid iddo gyfadde' fod rhywun ciwtiach nag ef. Pan yn mynd i'r llys nid oedd ganddo un amheuaeth nad eu condemnio a gawsai John a Nest Mervyn, ond fel roedd y dyn Llundain yn mynd ymlaen roedd yn gweld popeth yn newid. Nid oedd yn deud c'lwydda chwaith, ond roedd fel petai'n troi pob peth y tu chwyneb allan. Roedd Roberts yn deud ei fod yn cwbl gredu pe buasai'n dweud wrtho mai nid plismon oedd o, y buasai'n gorfod ei gredu. Pobl arw sydd yn Llundain, ie'n wir."

"Diolch i Dduw mai fel hyn y mae'r fantol wedi troi. Buasai'n ddigon caled gorfod dioddef y gwaethaf, pe buasai gennyf amheuaeth yn fy meddwl a oedd yn euog ai peidio;

ond gan fy mod yn gwybod na chyflawnodd ef erioed y fath weithred anfad, roedd yn annioddefol meddwl amdano'n dioddef cosb y llofrudd. Diolch mai fel hyn y mae, meddaf eto."

"Mae Mr. Mervyn wedi dyfod adref?"

"Ydy, ers meitin; ond nid anfonais amdano: roedd yn well gennyf ddisgwyl i glywed y newydd gennyt ti."

"A ydych am fynd i lawr heno?"

"Nac ydw: dywed wrth Mrs. Mervyn fy mod yn dymuno cael llonyddwch am heno, ac fe allai y byddaf yn well yfory. Tyrd â fy swper i fyny, wyth o'r gloch."

Yr un pwnc oedd testun yr ymddiddan rhwng Tom a Mary Davies yn y *lodge*—y rheithfarn. Teimlai'r ddau'n llawen dros ben pan glywsant fod y ddau garcharor yn rhydd.

"Er fy mod yn llawenhau, ni allaf lai na rhyfeddu at y rheithfarn," meddai Tom; "roeddwn yn ei gweld wedi cau'n dynn o'u hamgylch ym Mhorthmadog, fel nad oedd modd iddynt ddianc."

"Felly roeddwn innau'n teimlo, a'th dystiolaeth di oedd y gwaethaf o'r cwbl. Bûm yn meddwl llawer pwy oedd y ddynes honno a welaist ti, mor debyg i Nest Mervyn. Os gwelaist un o gwbl hefyd: fe allai mai dyn oedd yn ymddiddan ag ef."

"Na, na, Mary; mi welais i ddynes, neu ddrychiolaeth; a honno mor debyg i Nest Mervyn fel roeddwn i'n barod i fynd ar fy llw mai hi oedd yno hyd nes y clywais ei geiriau bygythiol wrth fynd heibio i mi."

"Pwy ydoedd, tybed?"

"Ie, dyna faswn i yn leicio gwybod. Pwy ydoedd? Pwy ydoedd?"

IX.
Goruchwyliaeth Angau

Aethai dyddiau, wythnosau, a misoedd heibio; ac roedd yn llawn dwy flynedd wedi ymadawiad Nest a'i thad o Gymru pan y safai'r cyntaf wrth wely angau'r olaf. Ni alwyd John Mervyn ymaith yn sydyn fel y bu bob amser yn ofni, ond cymerwyd ef yn wael, a bu'n gorwedd am dair wythnos; ond nid oedd y meddyg yn rhoddi un gobaith am ei adferiad o'r dechrau. Yn yr ystafell gyda Nest roedd Dr. Lewis, Mr. Vaughan, henaf, a'r nyrs. Ceisiai'r meddyg berswadio Nest i fynd i orffwys am ychydig, gan addo anfon y nyrs i'w chyrchu os y gwelai unrhyw gyfnewidiad yn y claf.

"Rydych," meddai, "wedi bod yma yn awr ers tair noson heb gysgu dim, ac y mae hynny'n sicr o wneud niwed i'ch iechyd."

"Gwrandewch ar gyngor Dr. Lewis, Nest, ac ewch i orffwys am ysbaid," dywedai Mr. Vaughan.

Cydsyniodd y ferch ieuanc ac aeth i'w hystafell, gan fwrw ei hun fel yr oedd ar esmwythfainc.

Roedd ymddangosiad Nest y pryd hyn yn wahanol iawn i'r hyn ydoedd ddwy flynedd yn ôl yng Nghymru. Yn lle'r gwallt gloywddu oedd ganddi'r adeg honno, roedd ei gwallt yn awr yn wyn; yn hollol wyn, heb flewyn du ynddo; ac eto nid yn felyn-wyn, ond yn beraidd fel swp o edafedd ariannaidd. Nid oedd yn edrych yn hŷn, ac nid oedd yn llai prydferth o achos hyn, ond yn hytrach yn fwy prydferth o lawer: i ba le bynnag yr aethai, byddai'n sicr o dynnu sylw ac edmygedd bob amser. Roedd y cyferbyniad mor drawiadol rhwng ei llygaid duon disglair ag aeliau duon gwastad, ei thalcen gwyn fel ifori, ei gruddiau rhosynnaidd—a choron blethedig o wallt ariannaidd ar ei phen. Roedd sôn amdani ymhlith meibion a merched ieuanc y ddinas, mai hi ydoedd y fenyw brydferthaf yn y dref, ac yn wir clywid ambell ferch ieuanc yn dymuno am yr hyn ynddo'i hun oedd yn arwydd henaint, sef gwallt gwyn.

Wedi eu dychweliad i Lundain bu Nest yn wael am wythnosau: roedd wedi ymorchestu gymaint i ddal i fyny yn ystod y dyddiau profedigaethus hynny pan oedd yng ngafael y gyfraith fel y darfu ei nerth yn llwyr pan gafodd ryddhad o'r pryder meddwl, ac y dychwelodd gartref. Am ddyddiau ni wyddai ddim o'r hyn a âi ymlaen o'i hamgylch; ni adwaenai neb, ac roedd yn byw drachefn ynghanol pryder y frawdlys. Er mwyn oeri ei phen gorchymynnodd Dr. Lewis gneifio'i gwallt ymaith yn llwyr, ac wedi iddi wella, a'i gwallt ail-dyfu, gwelodd er ei syndod fod ei gwallt yn wyn yn lle'n ddu. Ond nid oedd Nest yn poeni o herwydd y cyfnewidiad; roedd y teimlad o ddiolchgarwch am adferiad yn ymlid pob teimlad arall ymaith. Nid oedd y cyfnewidiad yn effeithio dim ar deimlad Mr. Fred Vaughan chwaith, os nad i beri iddo'i hoffi'n fwy. Roedd ef wedi hysbysu ei dad am ei gariad tuag at Nest Mervyn, ac er y buasai'n well gan Mr. Vaughan i wraig ei fab fod heb gysgod o amheuaeth ynglŷn â'i chymeriad, eto ni ddywedodd air yn erbyn dewisiad ei fab, a hyderai'n fawr y deuai eglurhad ar yr achos tywyll. Gwyddai fod ei fab yn talu *detective* i wneud ymchwiliad byth er pan y daeth yn ôl o Gymru, ond nad oed ddim wedi dyfod i'r golwg hyd yn hyn. Roedd Mr. Fred Vaughan wedi ailgynnig ei hun ar ôl iddynt ddyfod i Lundain, ond atebai Nest yn ddiysgog na wnâi ymbriodi â neb hyd nes y byddai'i henw wedi'i glirio yng ngŵydd y byd; er iddynt gael eu gollwng yn rhydd, nid oeddynt wedi eu clirio. Bu raid i Fred ymfodloni ar hyn, a dyblodd ei ddiwydrwydd i gael gafael ar y llofrudd. Druan o Nest, roedd yn awr yn mynd i gael ei gadael yn hollol amddifad, heb dad na mam, brawd na chwaer!

Wedi iddi fod am hanner awr yn ei hystafell, daeth y forwyn i alw amdani. Cododd Nest gydag ochenaid drom; roedd yn mynd i weld yr olwg ddiwethaf ar ei thad annwyl yr ochr hon i'r bedd. O! Chwerw, chwerw oedd ei theimladau! Eto, nid oedd yn wylo. Cerddodd yn ddistaw at erchwyn y gwely a chymerodd afael yn ei law: eisteddai'r meddyg a Dr. Lewis gerllaw yn gwylio ysgogiadau'r claf.

"Fy mhlentyn annwyl, rhaid i ni ymwahanu heddiw," meddai John Mervyn mewn llais gwannaidd.

"O na chawswn ddyfod gyda chi, fy nhad! Fy nhad, na chawswn ddyfod gyda chi."

"Nid hynny ydyw ewyllys yr Arglwydd, fy Nest; yr wyt ti yn cael dy adael ar ôl i ryw ddibenion da. Y mae gennyf un neu ddau o bethau i ddweud wrthyt. Paid â phryderu gormod ynghylch clirio ein henwau oddi wrth y staen a roddwyd arnynt yng Nghymru; gŵyr ein cyfeillion gorau ein bod yn ddieuog, ac fe wna yr Arglwydd yn ei amser da ei hunan ddatguddio pob peth. *'Murder will out,'* meddai'r hen ddihareb Saesneg, ac rwyf yn credu y daw allan yn yr achos hwn hefyd. Peth arall rwyf am i ti wneud ydyw, os byth y gweli fy nhad, i ti ddweud fod ei fab yn meddwl amdano yn ei funudau olaf, ac yn ei garu'n fawr, ac yn teimlo'n ddiolchgar iddo am ei garedigrwydd tuag ato, fel y cei di wybod eto os byddi fyw ar ei ôl. Dywed wrtho fod meddwl am ei ofal amdanom yn ystod ein profedigaeth wedi bod yn gysur i mi ar wely angau. Nid wyf am bwyso arnat i fynd yno fel roeddem yn sôn, gan y gwn mor anhawdd fuasai gennyt fyw yn yr un tŷ ag un oedd mor chwerw yn ein herbyn; pe buasai ond fy nhad yn unig a'r gwasanaethyddion, buaswn yn dy gynghori ar bob cyfri' i fynd yno ato; ond gan ei bod fel y mae, mae arnaf ofn y byddai dy fywyd yn boen a blinder yn Plas Llwyd. Yr wyf yn dy adael yn hollol yn llaw yr Arglwydd: Efe a gyfarwydda dy gerddediad."

Caeodd y claf ei lygaid wedi hollol ddiffygio gan yr ymdrech i siarad, a disgynnodd Nest ar ei gliniau, a phwysodd ei phen ar y gwely. Estynnodd ei thad ei law, a rhoddodd hi ar ei phen; ac yn yr agwedd yma bu farw gan ei bendithio.

Y peth cyntaf a wybu Nest oedd ei bod yn gorwedd ar yr esmwythfainc yn ei hystafell ei hun; teimlai faich o rywbeth yn pwyso ar ei hysbryd, ond am ychydig eiliadau nid oedd yn dirnad beth ydoedd. Ond yn araf ymwthiodd y gwirionedd chwerw i'w meddwl ei bod yn amddifad. Nid oedd yn pryderu dim beth a ddelai ohoni yn y dyfodol, gwyddai fod ei thad wedi gadael swm lled dda o arian yn ei ewyllys fel na byddai angen am ddim. Ond nid oedd y pethau hyn yn cael lle yn ei meddwl o gwbl, eithr y teimlad o'r golled fawr a gafodd yn marwolaeth ei thad. Arhosodd Miss Williams, y nyrs, yno gyda hi, ac roedd yn hynod o ofalus ohoni; a chymerodd Mr. Vaughan arno'i hun yr holl drefniadau gogyfer â'r gladdedigaeth.

Anfonwyd hysbysiad o farwolaeth John Mervyn i Blas Llwyd. Nid oedd John Mervyn na Nest wedi clywed gair oddi yno er pan ddychwelasant i Lundain, nac ychwaith wedi anfon gair yno. Roedd newyddion yn ymdeithio'n fwy anaml, a phobl yn fwy dieithr i'w gilydd y dyddiau hynny cyn i'r trên ddechrau rhedeg ar draws gwlad. Daeth llythyr yn ôl o Blas Llwyd yn cydymdeimlo â Nest yn ei phrofedigaeth, ac yn dymuno arni wneud ei chartref yn y Plas, yn ôl dymuniad ei thad; i'r hyn yr atebodd Nest nad oedd ar y pryd yn teimlo yn atebol i gymryd taith i Gymru, ac fod boneddiges o'r enw Miss Williams am aros gyda hi am beth amser. Roedd yn ddiolchgar iawn am ei barodrwydd i roddi cartref iddi, ac am ei gydymdeimlad.

Un prynhawn, ymhen mis neu ychwaneg wedi claddedigaeth John Mervyn, galwodd Mr. Frederick

Vaughan i weld Nest. Roedd am wneud un cynnig yn ychwanegol i geisio ganddi newid ei meddwl; roedd hi nawr mor unig, ac yntau'n deisyfu cael yr hawl i ofalu amdani. Nid oedd Nest wedi ei weld i ymddiddan ag ef er pan fu farw ei thad, a derbyniodd ef yn groesawus, gan deimlo ei bod yn ddyledus iawn iddo ef a'i dad am eu caredigrwydd tuag ati yn ei phrofedigaeth lem. Wedi y cyfarchiadau arferol, dywedodd y gŵr ieuanc ei neges heb ymdroi.

"Rwyf wedi dyfod yma," meddai, "i ofyn unwaith eto i chi ail-ystyried eich penderfyniad. Rydych yn awr yn unig iawn, ac rwyf innau'n dymuno cael bod yn gefn i chi: rhoddwch yr hawl i mi, Nest."

"Mae'n ddrwg gennyf eich bod yn parhau fel hyn i fy nhemtio, ond mae fy mhenderfyniad yn ddiysgog."

"Onid ffolineb ydyw gadael i hyn ein cadw ar wahân? Yr wyf yn gwybod eich bod mor ddieuog â'r baban newydd-anedig, ac rydych chithau'n gwybod fy mod yn credu ynoch. Pam y gadewch i farn pobl ein gwahanu?"

"Fred, rwyf yn eich caru ormod i adael i chi uno eich hun ag un sydd wedi cael ei llusgo drwy laid llysoedd cyfraith y wlad, ac un sydd eto heb ei golchi yn lân oddi wrtho. Byddaf yn fodlon i gydsynio â'ch cais pan y ceir gwybod pwy laddodd Pugh Mervyn, ond dim munud cynt."

Nesaodd Frederick Vaughan ati, a chymerodd afael yn ei llaw.

"Nest, fy anwylyd, rwyf yn eich caru'n fawr, mae fy nghariad i'n ehedeg goruwch pob ystyriaeth. O na allaswn eich cipio ymaith i ryw ynys o'r golwg ymhell o sŵn cymdeithas a rhagfarn y cyhoedd! Ond beth ydych am ei wneud? Ni all Miss Williams aros yma gyda chi o hyd, a— maddeuwch i mi—ni all eneth ieuanc brydferth fyw ar ei phen ei hun heb dynnu sylw."

"Yr wyf wedi meddwl am hyn oll, ac wedi dyfod i'r penderfyniad i chwilio am le."

"Chwilio am le?"

"Ie, lle fel athrawes mewn teulu parchus. Beth a fuasai'n fwy cysurus i mi o dan yr amgylchiadau?"

"Fy annwyl Nest, na feddyliwch am foment am fynd i le. Y fath wahaniaeth fyddai'r lle gorau i un sydd wedi arfer cael rhyddid, a bod yn annibynnol drwy ei hoes."

"Buaswn yn arfer ac yn ymfodloni cyn hir. Ac hefyd, fe allai na fyddai raid i mi aros yno'n hir: fe allai y deuai rhywbeth i'r amlwg."

"Gobeithio y daw rywbeth i'r amlwg; ond byddaf bron â digalonni weithiau wrth weld dwy flynedd wedi mynd heibio, a ninnau ddim nes eto i gael allan y dirgelwch. Y mae ein dyddiau gorau'n mynd heibio, ac nid oes wybodaeth pa bryd y daw'r eglurhad yr ydych yn ei ddymuno. Nest, a ydych mewn difrif yn fodlon i aberthu cysur dau fywyd o achos y mympwy yma?"

"Fred, Fred, mae'n anhawdd i mi eich nacáu o hyd, ond rwyf yn cwbl gredu mai hynny yw'r doethaf. Wrth wneud fy meddwl i fyny i fynd i le, roedd gennyf ddau amcan mewn golwg; sef, cael cartref gyda theulu parchus, a hefyd, ennill arian fel y gallaf ddefnyddio'r arian a adawodd fy nhad annwyl ar ei ôl i'r gwasanaeth o glirio ei enw ef a minnau. Rwyf yn teimlo'n sicr y corona Duw ein hymdrechion yn y cyfeiriad yma cyn hir â llwyddiant. Rwyf yn poeni eich bod chi wedi mynd i'r fath drafferth a chost ynglŷn â mi, ond gan fod hynny'n gweinyddu cysur i chi, rwyf yn ddiolchgar am hynny."

"Nid oes diolchgarwch i fod rhyngom ni ein dau. Nid ydyw'r teimlad o ddiolchgarwch yn cyd-fyw yn yr un fan â chariad; cyfeillion sydd yn diolch i'r naill a'r llall am garedigrwydd. Peidiwch sôn am ddiolch i mi eto. Fy anwylyd, y mae arnaf ofn fy mod yn eich poeni, ond rwyf am wneud cynnig eto. A wnewch chi briodi ymhen blwyddyn, pa un bynnag a fyddwn yn gwybod mwy y pryd hynny ai peidio? Blwyddyn eto o amser i ddisgwyl, y mae'n edrych yn amser hir?"

Nid atebodd Nest am beth amser, a gadawodd Fred iddi gael hamdden i wneud ei meddwl i fyny. Roedd megis dwy ddeddf yn gwrthryfela'n erbyn ei gilydd yn ei hysbryd: y dymuniad i gydsynio â chais ei hanwylyd, a'r teimlad na ddylai dynnu gwarth ar ei enw drwy ymuno ag un oedd wedi ei chyhuddo o lofruddiaeth. Roedd yn gyfyng arni o'r ddeutu, a'r ateb a roddodd iddo, oedd y gwnâi ail-ystyried y mater ymhen y flwyddyn.

"Wel, rhaid i mi geisio ymfodloni ar hyn," atebai Fred gydag ochenaid, "ond y mae'n annioddefol gennyf feddwl am i chi fynd i le. O na ddeuai rhywbeth i'r amlwg yn fuan!"

Cododd Mr. Vaughan i fynd ymaith, a ffarweliodd â Nest gan ei chusanu'n dyner. Wedi iddo fynd allan, torrodd Nest allan i wylo'n chwerw, a cherddodd yn ôl a blaen yn yr ystafell, gan furmur wrthi ei hun,

"O! fel yr wyf yn ei hoffi, fy annwyl Fred; ac eto rwyf yn ofni na allaf fyth fod yn ddim mwy iddo nag ydw yn awr. Ni wnaf byth ei briodi heb glirio'r ystaen yma oddi ar fy enw. O na allaswn fynd o'r golwg fel y gwnâi fy anghofio! Ond ni wnâi fy anghofio, rwyf yn gwybod yn eithaf da. Fe allai gwêl Rhagluniaeth yn dda dynnu ymaith y rhwystr sydd rhyngom."

X.
Y Cymynrodd

Ymhen yr awr wedi i Fred Vaughan ymadael o dŷ Nest Mervyn, daeth gŵr dieithr yno o'r enw Mr. Smart, yn dymuno cael gweld Miss Mervyn. Arweiniwyd ef i mewn, a rhedodd Nest i fyny i ymolchi o effeithiau'r wylo. Pan ddaeth i lawr i'r parlwr, gwelodd ddyn canol oed, yr hwn a estynnodd gerdyn iddi.

"Mr. Smart yw fy enw," meddai, "o *firm* Smart & Stead, cyfreithwyr. Ai chi yw Miss Nest Mervyn?"

"Ie. Eisteddwch i lawr, Mr. Smart."

"Ellen Morris oedd enw eich mam?"

"Ie, cyn iddi briodi."

"A oedd ganddi chwaer wedi ymfudo i'r America?"

"Clywais gan fy nhad fod gennyf fodryb o chwaer i fy mam yno."

"Da iawn. Esgusodwch fi am holi cymaint arnoch; ond gwell yw gwneud pob peth yn ddiogel. A yw tystysgrifau priodas eich rhieni, a'ch genedigaeth chi, gennych?"

"Am y rhai hynny rhaid i mi eich cyfeirio at fonheddwr sydd yn gweithredu fel *trustee* i mi—Dr. Lewis, Regent Street."

"Rwyf yn gwybod am yr enw. Yn awr, Miss Mervyn, y mae gennyf i'ch hysbysu fod eich modryb, Mrs. Morgan, wedi marw, ac wedi gadael i chi gymynrodd o chwe' mil o bunnau."

Roedd Nest wedi ei tharo'n fud gan y newydd, ac edrychai ar Mr. Smart fel pe buasai wedi'i syfrdanu.

"Rydych yn rhyfeddu at y newydd, Miss Mervyn?" ychwanegai Mr. Smart.

"Ydwyf, yn wir, y mae mor annisgwyliadwy. Ni welais fy modryb erioed, ac ni chlywais oddi wrthi; yn unig dywedodd fy nhad wrthyf fod chwaer i fy mam wedi mynd i'r America."

"Yn ei ewyllys hefyd, mae hi'n deisyf arnoch roddi cartref i'w morwyn, Ann Roberts. Roedd Miss Roberts yma yn fwy o gyfeilles i'ch modryb nag oedd o forwyn; ac yn ôl fel rwyf yn deall mae o deulu da, ac yn foneddigaidd yn ei hymarweddiad, ond yn hollol unig a digartref wedi marwol- aeth eich modryb. Mae wedi cychwyn o New York, a bydd yn Lerpwl cyn diwedd yr wythnos."

"Ai dynes lled ieuanc ydyw?"

"Na, mae'n bump a deugain oed," atebai Mr. Smart, "ac os na byddwch chi'n gweld eich ffordd yn glir iddi fyw gyda chi, y mae hi i gael can' punt o'r arian at ei chynnal. Galwaf gyda Dr. Lewis a chewch glywed darllen yr ewyllys a phob manylion pellach yfory neu drennydd. Dydd da i chi yn awr," meddai'r cyfreithiwr, gan gymryd ei het a mynd ymaith.

Yr hyn a redodd gyntaf i feddwl Nest ydoedd na fyddai angen arni chwilio am le, ac y byddai ganddi ddigon o arian i gario'r ymchwiliad ymlaen, ac y byddai gofynion cymdeithasol yn cael eu bodloni drwy i Miss Roberts ddyfod ati i fyw.

Gyda'r nos daeth Mr. Vaughan a Fred, ynghyd â Dr. Lewis, i'w llongyfarch, a dywedodd yr olaf fod Mr. Smart wedi galw gydag ef ac wedi'i fodloni ym mhob peth, ac y byddai y Mri. Smart a Stead ac yntau'n dyfod yno prynhawn drannoeth, am ddau o'r gloch, i drefnu pethau.

Y dydd Llun canlynol safai Nest yn ffenestr y parlwr, ac edrychai'n ddyfal i ben yr ystryd gan ddisgwyl gweld cerbyd yn troi iddi. Heddiw roedd Miss Ann Roberts i gyrraedd Llundain, ac roedd Mr. Smart i fynd i orsaf Euston i'w chyfarfod. Teimlai Nest rhwng gobaith ac ofn ei gweld;

ofnai iddi fod yn wahanol i'r hyn a ddisgwyliai, ond gobeithiai y gorau; roedd y ffaith ei bod wedi cartrefu gyda'i modryb yn siarad yn uchel o'i phlaid. Wrth synfyfyrio ar y pethau hyn daeth y cerbyd at y drws cyn iddi wybod, a gwelai Mr. Smart yn cynorthwyo dynes foneddigaidd, addfwyn yr olwg arni, i ddisgyn oddi arno. Aeth Nest i'r drws, a daeth Miss Roberts ymlaen, a chusanodd hi fel hen gydnabod.

"Rwyf yn mynd yn ôl yn y cerbyd," meddai Mr. Smart; "a gadawaf chi i ymgydnabyddu â'ch gilydd. Gwyddoch pa le i anfon os bydd arnoch eisiau fy ngwasanaeth, Miss Mervyn."

Roedd Miss Roberts wedi llwyr ennill calon Nest o'r munud cyntaf y daeth i'r tŷ, ac fel roedd yn fwy cydnabyddus â hi, roedd yn ei hoffi'n fwy.

Gwelai Nest ar unwaith y gallent fyw gyda'i gilydd yn gysurus iawn; ac roedd Miss Roberts yn llawenhau fod pob peth yn hwylus iddi gael cartrefu gyda Nest. Rhagluniaeth oedd yn gweithredu yn amlwg o'u plaid drwy eu dwyn at ei gilydd, a chyn y nos, roeddynt yn galw ei gilydd "Modryb" a "Nest."

Y tro nesaf y galwodd Mr. Fred Vaughan i edrych amdanynt, dywedodd Nest ei bod yn dymuno cael gweld y *detective* oedd yn chwilio allan eu hachos.

"Fe allai y byddai yn well cyflogi un arall gydag ef," meddai, "beth ydych chi'n ei feddwl, Fred?"

"Ni wn yn wir beth fyddai orau; rwyf yn meddwl fod y dyn hwn, Johns, yn gwneud yr hyn oll a ellir wneud yn yr achos. Ond os byddai hynny'n rhyw esmwythâd i'ch meddwl, gwell fuasai gwneud hynny."

"A ydyw Miss Mervyn wedi gweld Mr. Johns o gwbl?" gofynnai Miss Roberts. "Nac ydyw," atebai Fred Vaughan, "roedd Nest bob amser gymaint yn erbyn i mi ei gyflogi fel na chydsyniai i'w gyfarfod."

“Gresyn oedd hynny,” dywedai Miss Roberts; “ac rwyf yn meddwl mai cael ei farn ef, a fyddai’n ddoeth cael ychwaneg o help ai peidio, ydyw’r gorau.”

“Rydych yn siarad yn synhwyrol, Miss Roberts,” atebai’r gŵr ieuanc; “af allan i anfon pellebr ato, ac os yw yn y swyddfa, bydd yma cyn pen hanner awr. A ydych yn fodlon, Nest?”

“Ydw, yn eithaf bodlon.”

Aeth Fred Vaughan allan i gyflawni’r neges, a daeth yn ôl ymhen ychydig funudau; a chyn pen yr hanner awr roedd Mr. Johns yn curo wrth ddrws y tŷ. Agorodd y forwyn y drws, ac arweiniodd ef i mewn.

“Mr. Johns, dyma Miss Mervyn, a Miss Roberts ei chyfeilles,” meddai Fred Vaughan.

Moesymgrymodd Mr. Johns i’r boneddigesau, a chymerodd ei eisteddle.

“Y mae Miss Mervyn eisiau gwybod a fyddai yn well cael ychwaneg o help ynglŷn â’r achos yma sydd gennym mewn llaw,” dechreuai Mr. Vaughan.

“Wel, Syr, fe allai y byddai lawn cystal,” atebai Johns. “Gadewch i mi eich hysbysu, foneddigesau, fod hwn yn achos gyda’r mwyaf dyrys a fu gennyf mewn llaw erioed. Y mae yn awr dros ddwy flynedd, ac ychydig iawn o dir ydym wedi ei ennill eto.”

“Mae gennych obaith i allu ei ddatrys ryw dro?” gofynnai Nest.

“Oes, Miss Mervyn; o, oes! Ac fe allai yn gynt nag yr ydych yn meddwl,” atebai Johns, gan rwbio ei ddwylo yn ei gilydd, “mae’n dda gennyf eich bod wedi anfon amdanaf heno, achos roeddwn am ofyn cael eich gweld yfory. Yr ydych chi’n gyfoethog, a gellwch fynd i’r fan a fynnech. Ewch i fyw i Gymru, i Sir Gaernarfon: mae yna blasty bychan yn wag rhwng Cricieth a Phorthmadog; cymerwch ef, ac ewch yno i fyw.”

"Mr. Johns, rydych yn siarad yn ddieithr. Ni allwn feddwl am wneud y fath beth; mynd yn ôl i'r fan lle cawsom gymaint o boen."

"Nest annwyl, os byddai hynny'n unrhyw help i ddwyn ein hamcanion i ben, rwyf yn sicr y byddech yn fodlon i fynd yno. Gadewch i Mr. Johns ddweud ei resymau dros gynnig y fath beth i ni," dywedai Miss Roberts yn bwyllog.

"Nid oedd gennyf un amheuaeth o'r dechrau nad benyw a gyflawnodd y llofruddiaeth; roedd amryw bethau'n profi hynny. Yr wyf o hynny hyd yn awr wedi bod yn dilyn hanes dwsinau o ferched; ac weithiau wedi teimlo'n sicr fy mod wedi cael gafael ar yr euog; ond fod rhywbeth yn dyfod i'r golwg i brofi'n wahanol. Ond mae gennyf un mewn llaw yn awr, ac rwyf yn hyderu'n gryf y caf oleuni ar yr achos drwyddi, ond rhaid i mi fod yn hynod o wyliadwrus rhag ofn iddi amau dim, a dianc ymaith cyn i ni gael prawf sicr yn ei herbyn."

"Sut i gael prawf sicr?" gofynnai Fred Vaughan.

"Dyna lle mae'r anhawster," atebai Johns. "Welais i neb erioed wedi llwyddo i fynd a dyfod mor ddirgelaidd, pwy bynnag ydoedd; a'r unig lwybr i gael allan y dirgelwch ydyw gwneud i'r llofrudd tybiedig dystiolaethu yn erbyn ei hun."

Edrychodd y tri ar Johns i geisio deall beth oedd yn feddwl wrth ddweud "tystiolaethu yn erbyn ei hun".

"Y mae'r *clue* sydd gennyf yn awr yn werth treio ei ddirwyn i ben; a'r unig ffordd, yn ôl fy meddwl i, ydy drwy gymorth mesmeriaeth[*]."

"Mesmeriaeth?" gofynnai Nest mewn syndod.

"Ie, ond rhaid i mi ddweud y bydd yn rhaid costio ychydig gyda'r *experiment*, ac—"

---

[*] Casgliad o arferion ffug-wyddonol yn seiliedig 'fagneteg anifeilaidd' a fu unwaith yn ffasiynol ar hyd a lled Ewrop. Dyma'r term a ddefnyddir gan Jones; fodd bynnag byddai 'hypnotiaeth' yn gweddu'n well i'r dechneg sy'n ymddangos yn *Nest Merfyn*, a'r defnydd ohoni yn y nofel.

"Na feindiwch y gost, Mr. Johns," dywedai Nest.

"O'r gorau. Ie, dyna oeddwn yn mynd i ddweud—oherwydd y gost, nid oeddwn yn gweld un *clue* yn ddigon pwysig cyn hyn i wario'r arian arno."

"A oes genych ffydd mewn mesmeriaeth? Ac a ydych yn gwybod am ddyn profiadol?" gofynnai Fred Vaughan.

"Ffydd, oes. Ac mae gennyf broffeswr a fu gyda mi o'r blaen, yn barod i wneud y gwaith. Rhai blynyddau'n ôl lladratawyd tlysau boneddiges, ac roedd y lleidr wedi bod mor fedrus fel ag i allu dianc ymaith heb un rhithyn o ddim i dystiolaethu yn ei erbyn. Chwilio y buom am fisoedd; ac yn wir i chi, dyma ni yn sbecio ar gymeriad lled amheus, ac euthum innau at y proffeswr. Cyhoeddwyd cyfarfod gan y proffeswr yn un o'r lleoedd isel yn y ddinas yma, yn agos i'r fan lle roedd y dyn yma yn byw. Daeth ef ymysg y lliaws i'r neuadd, a galwyd arno ymlaen gan y proffeswr ar y llwyfan i gael ei fesmerio. Wel, daeth ymlaen, a dywedodd y cwbl ynghylch y lladrad, a phwy oedd yn gyfrannog ag ef yn y weithred. Wrth gwrs, roedd y gynulleidfa'n cael hwyl iawn, ac yn meddwl mai sbort oedd y cwbl; ac roeddwn innau yno o'r neilltu yn cymryd i lawr yr hyn oll a ddwedai, a'r canlyniad fu, iddo gael ei brofi'n euog, a'i ddedfrydu i ddwy flynedd o garchariad. Yn yr achos hwn y gyfraith oedd yn cymryd y gost, ond mae'r gyfraith wedi darfod â chi; felly, chi eich hunain a fydd yn atebol."

"Peidiwch â phryderu dim ynghylch y gost, Johns; ond gwnewch eich gorau i gael y mater hwn i ben," meddai Mr. Vaughan.

"A fyddai'n groes i'ch teimlad ddweud wrthym pa fath ddynes ydyw'r un dan sylw, a pha fodd yr ydych am weithredu gyda'r mesmerio?" gofynnai Nest.

"Dynes ieuanc tua thair-ar-hugain oed ydyw, ac mae ganddi fachgen bychan oddeutu dwy a hanner. Mae'n ymddangos mai gwnïo mewn swyddfa y mae am ei bywoliaeth; ac er mai Ffrainc neu Sbaen ydyw ei lle genedigol, y mae'n gallu siarad Saesneg yn hynod o bur. Am y modd rwyf am weithredu yn yr achos, gwell gennyf beidio dweud ar hyn o bryd; ond cewch wybod y manylion eto. Y mae rhai yn dweud os unwaith y llefarwch eich meddwl yn uchel, nad ydyw byth yn feddiant i chi eich hunan wedi hynny. Mae'r diafol neu un o'i weision yn eich clywed, ac yn ei gario ymaith yn ei sibrwd i feddwl y rhai ag ydych gan ofni fwyaf iddynt ei glywed. Dyw'r diafol ddim yn hollwybodol, wyddoch; ond mae gennyf gred mawr yn ei allu i gario cenadwri wedi iddo'i chlywed. Pe buasech chi eich hunan yn unig mewn bad ar ganol y môr, ac yn dweud yr hyn oedd ar eich meddwl mewn geiriau eglur, deg i un nad hynny a glywech gyntaf wedi i chi lanio."

Chwarddodd Fred Vaughan am ben athroniaeth Johns, a dywedodd Miss Roberts, "Wel, yn wir, mae rhywbeth yn hyn; clywsoch sôn lawer gwaith am y naill feddwl yn dylanwadu ar y llall. Nid ydyw'r wyddoniaeth yma sydd yn trin ar fesmeriaeth, a dylanwadau meddyliol, ond yn ei babandod eto; a'r pethau a briodolid i witsio a swyn-gyfaredd yn y dyddiau gynt, a wneir yn amlwg ar dir rheswm drwy wyddoniaeth yn y blynyddoedd a ddaw."

"Mae'n sicr o fod," atebai Johns.

"Ond i fynd yn ôl at y mater dan sylw. Beth yw eich rhesymau dros ein cymell i fynd i fyw i Gymru?" gofynnai Nest.

"Byddai'n gaffaeliad o'r mwyaf i ni gael rhywun yn y fan a'r lle i anfon yma bob peth a allai fod o unrhyw ddefnydd i ni. Rydych yn dyfod i wybod mwy wrth fyw mewn ardal am un wythnos, na phe buasech yn ymweld â hi unwaith yr wythnos am hanner blwyddyn. Fe allai y bydd rhai misoedd cyn y gellir dwyn ein hamcanion i ben, ond peidiwch â digalonni: rwyf bron yn sicr ein bod ar yr iawn lwybr y tro yma."

"Gan eich bod yn meddwl mai hynny fyddai orau," atebai Nest, "rwyf yn hollol fodlon. Gwnaiff Mr. Vaughan wneud pob ymholiad ynghylch y tŷ."

"Un cais eto. Cedwch eich hunan yn anadnabyddus; na ddefnyddiwch yr enw Mervyn."

"Yn ffodus, mae gennyf dri enw—Nest Wynne Mervyn; cymeraf ddau."

XI.
Tenantiaid Bryn Du

Gofynnai Tom Davies, gyriedydd Plas Llwyd, i ryw hanner dwsin o'i gyfeillion oeddynt yn mwynhau eu hunain yn y *Dafarn Wen* fin nos, "Glywsoch chi fod Bryndu Wedi ei gymryd?"

"Do; a mwy na hynny, gwelais y tenantiaid newydd," meddai William Jones y gof.

"Gwelais innau hwynt hefyd; roeddwn yn digwydd mynd heibio pan oeddynt yn cyrraedd y tŷ. Dwy hen wraig, a morwyn a gwas," ychwanegai Sam y cariwr.

"Ni welais i mohonynt; ond clywais John, gwas Syr Harry, yn dweud mai Miss Roberts a Miss Wynne oedd eu henwau," atebai Tom Davies, "felly mae'n rhaid mai dwy hen ferch ydynt."

"Nid dwy hen ferch, na dwy hen wraig ydynt; ond hen ferch a merch ieuanc," meddai William Jones.

"Taw, ffŵl," atebai'r cariwr, "mae gwallt un yn frith, a gwallt y llall yn reit wyn."

"Wn i ddim byd am liw eu gwallt; ond roeddwn i yn y *Ship* pan ddisgynasant o'r goets fawr, ac y daethant i mewn am gwpanaid o dê; ac ni welodd fy nau lygaid erioed fenyw harddach na'r ferch ieuanc; roedd yn ardderchog, roedd yn angylaidd."

Chwarddasant oll am ben brwdfrydedd y gof, a dywedodd un, "A oes ganddi geffyl i'w bedoli, neu a oes rhai o lidiardau heyrn Bryndu eisiau eu trwsio?"

"Gellwch chi chwerthin, ond rwyf i'n siŵr o fy mhwnc, ac mi ddwedwch chitha'r un peth pan y gwelwch hi."

"Mi ddalia innau goron mai dwy hen ferch â gwallt gwyn ydynt," ychwanegai Sam, "roeddwn mor agos iddynt ag ydw i Tom yma."

"O'r gorau, Sam," atebai William Jones; "rydych yn clywed beth mae Sam yn ddweud, gyfeillion; ac mae'n debyg y cawn eu gweld yn mynd i'r eglwys y Sul nesaf neu'r Sul canlynol. Yr wyf innau'n dal am goron mai hen ferch a merch ieuanc ydynt: cewch chi sydd yma, bump ohonoch, farnu rhwng Sam a finnau. Os myfi fydd yn colli, byddaf yma bythefnos i heno yn talu'r goron, ac os Sam fydd yn colli, disgwyliaf iddo yntau wneid yr un peth."

Cydsyniasant oll i hyn, ac addasant oll fod yno ar y noson benodedig.

Roeddynt yn un â'u gair; cyfarfuasent yn y *Dafarn Wen* ymhen y pythefnos, a mawr oedd yr hwyl wrth weld fod y gof a'r cariwr yn eu lle i raddau. Roedd Miss Wynne yn ferch ieuanc, ond hefyd, roedd ganddi wallt gwyn. Y penderfyniad y daethpwyd iddo oedd i'r ddau roddi hanner coron bob un, a chadw noswaith lawen yn y *Dafarn Wen* gyda hwynt; ac felly y bu.

Fel y gellid disgwyl, roedd pwyso a mesur, barnu ac ymholi lawer ynghylch Nest a Miss Roberts, wedi iddynt ddyfod i fyw i Bryndu. Roedd si wedi mynd ar led mai newydd ddyfod i'r wlad hon o'r America roeddynt; roedd hyn yn wir am Miss Roberts, a chymerwyd yn ganiataol am Miss Wynne hefyd. Roedden "nhw" yn dweud hefyd fod y ddwy foneddiges mor gyfoethog na wyddent eu gwerth eu hunain, ac yn rhinwedd yr ystori yma galwodd amryw o fonedd y fro, yn ystod y mis cyntaf o'u harhosiad yn Bryndu, i ymweld â hwynt: y Person a'i wraig, Dr. a Mrs. Jones, a William a Mrs. Mervyn. Rhyfedd fel y mae arian yn cuddio lliaws o bechodau. Yr oedd y boneddigion hyn ac eraill yn barod i dderbyn Nest a'i chyfeilles i'w cylch heb wybod dim o'u hanes blaenorol, yn unig am eu bod yn meddwl eu bod yn perchenogi eiddo mawr.

Bu rhaid i Miss Wynne a Miss Roberts dalu'r ymweliadau yn ôl, a churai calon Nest fel calon aderyn pan yn mynd i Plas Llwyd, hen gartref ei thad, am y tro cyntaf; ac y cafodd ymddiddan â Syr Harry Mervyn ei thaid. Daeth yr hen farwnig a'r eneth ieuanc yn gyfeillion mawr, ac aml i dro y cyfarfuasent â'u gilydd ar eu hymrodfeydd, ac yr ymgomient yn ddifyr am y naill beth a'r llall; ond ni soniai Syr Harry air am ei fab, nac am y llofruddiaeth a gymerodd le ar ei dir; ac roedd Nest yn teimlo yn ddiolchgar am hynny, am ei bod yn ofni y gwnâi hi ddatguddio'i hun, pe buasai'r hen ŵr yn dechrau sôn am ei thad.

Ond yr un oedd wedi colli ei ben a'i galon yn llwyr iddi oedd William Mervyn. I ba le bynnag yr aethai Nest—i'r eglwys, ffair, neu farchnad—yn ei char bach melyn, byddai William Mervyn yn sicr o fod yn agos yn rhywle. Ond nid oedd yn cael dim cefnogaeth gan Nest; ac roedd ei hoerfelgarwch tuag ato'n peri i'w gariad gynyddu'n fwy tuag ati, fel olew yn porthi'r fflam. Roedd ei serch yn amlwg i bawb, a diddorol iawn i'r pentrefwyr oedd gwylio'r garwriaeth unochrog, a cheisio proffwydo pa fodd y byddai yn y pen draw. Fel roedd William Mervyn yn mynd i eithafion gyda chasineb, felly hefyd roedd gyda'i serch; roedd wedi hollol ynfydu.

Nid oedd Mrs. Mervyn yn gwybod dim am hyn, a sibrydid y byddai *Madam* yn hynod ddig pan y deuai i wybod am hoffter ei mab at Miss Wynne, gan ei bod wedi rhoddi ei chalon ar iddo briodi Miss Lloyd, y Buarth.

Ac roedd *Madam* yn ddigllon dros ben pan ddeallodd am y si ar led fod William Mervyn yn caru Miss Wynne. Pan gafodd gyfleustra, gofynnodd iddo, ai gwir oedd y stori?

"Ie, digon gwir," atebai William.

"Wel, William, beth wyt yn feddwl?" gofynnai eilwaith; "ni wyddom ddim o hanes Miss Wynne, i bwy y mae'n perthyn, nac o ba le y daeth. Gwir ei bod yn gyfoethog; ond mae rhai eraill y gwyddom ni amdanynt yn gyfoethog hefyd.”

“Nid ydyw o un diben i chi feddwl i mi gymryd Miss Lloyd yn wraig; gwn mai ati hi rydych yn cyfeirio. A phe buasai Miss Wynne heb un geiniog goch, teimlwn yn fraint ei phriodi yfory.”

“Yr wyt wedi dy lygad-dynnu, ac rwyf yn synnu atat ti’n ymddwyn mor ffôl; pe buasai Pugh, druan, yn ymddwyn fel hyn, ni buaswn yn synnu cymaint.”

“Rydych yn dweud y gwir, mam; rydw i wedi fy llygad-dynnu; a’r cyfle nesaf a gaf i’w gweld ei hunan rwyf am gynnig fy hun iddi. Fy unig ofn ydyw iddi fy ngwrthod.”

“Dy wrthod, wir! Bydd yn rhy barod i dderbyn dy gynnig. Fy nghred i ydyw mai rhyw anturiaeth fel hyn oedd ganddi mewn golwg yn dyfod i fyw i le fel hyn; hynny yw, os nad yw’n wraig yn barod, ac yn byw oddi wrth ei gŵr.”

“Byddaf yn gwybod mwy o’i hanes cyn nos yfory.”

“Mae rhyw ddyn lled ryfedd wedi bod yn talu ymweliad â Bryndu ddwywaith neu dair; glywaist ti hynny?”

“Do, byddaf yn clywed cant a mil o hen straeon gwrachaidd, ond ni fyddaf yn talu dim sylw iddynt. Ni wna hyd yn oed clywed ei bod yn wraig i arall newid dim ar fy nheimladau tuag ati.”

“William! William! Rwyt wedi ynfydu’n lân.”

“Fe allai fy mod, ond ynfydrwydd hyfryd iawn ydyw. A chofiwch hyn, mam, nid peth *to order* ydyw cariad a châs; felly, lle mae’r cyfrifoldeb yn gorwedd?”

“Rwyf yn dy roddi i fyny, gwna fel y mynnot,” meddai Mrs. Mervyn gan fynd o’r ardd i’r tŷ, a gadael ei mab allan.

Aeth rhag ei blaen i chwilio am Syr Harry, a chafodd ef yn ei hoff ystafell, y llyfrgell.

“Rwyf mewn penbleth garw, Syr Harry,” meddai, gan eistedd i lawr gerllaw iddo.

“Wel, beth sy’n bod?” gofynnai’r hen ŵr.

"Mae William wedi penderfynu priodi Miss Wynne, Bryndu." Gwenodd Syr Harri. "Yn wir, Mrs. Mervyn, rhaid i mi ei ganmol am ei ddewisiad; a phe buaswn i ychydig yn ieuangach, nid oes un amheuaeth na fuaswn i wedi cynnig fy hun iddi cyn hyn."

"Mae dynion i gyd 'run fath," meddai Mrs. Mervyn yn ddigofus; "dowch â wyneb tlws o'u blaen, a dyna hwy'n colli arnynt eu hunain yn y fan."

"Na, nid mor ffôl â hynny chwaith, *Madam*; gwir ein bod yn hoffi wyneb tlws, ond buan iawn y byddwn yn blino arno, os na fydd rhywbeth y tu ôl i hynny. Y mae Miss Wynne yn un ddeallus, synhwyrol, gall, ac y mae'n hyfryd treulio awr yn ei chymdeithas. Dyna'r *sort* y byddwn ni, y meibion, yn ei hoffi."

"Deuais yma gan feddwl dweud fy nghwyn a chael cydymdeimlad, ond gwelaf fy mod wedi camgymryd."

"Yr unig fai sydd ar Miss Wynne ydyw ein bod yn gwybod cyn lleied o'i hanes."

"Ac mae hynny'n ddiffyg mawr, Syr Harry."

"Mae'n debyg y gellid cael gwybod pob beth dim ond o wneud ymholiad."

"Fe allai hynny; ond os gallaf fi ei rhwystro, ni chaiff byth fod yn wraig i William, ac yn feistres yn Plas Llwyd," meddai Mrs. Mervyn wrth fynd ymaith o'r ystafell.

Wedi i Mrs. Mervyn fynd i mewn i'r tŷ oddi wrth ei mab, cerddodd ef yn araf o'r ardd, ac aeth ar hyd y llwybr a arweiniai drwy goed Plas Llwyd. Aeth ymlaen yn araf, nes roedd wedi cerdded milltir neu ychwaneg o'r Plas. Wrth fynd ymlaen, meddyliodd ei fod yn gweld gwisg wen yn ymrithio rhwng y coed; ac wedi iddo fynd yn nes, cafodd, er ei lawenydd, mai Miss Wynne oedd yno gyda basged yn ei llaw yn hel llus. Roedd ei chi mawr, Pero, gyda hi, yr hwn, pan welodd Mr. Mervyn, a chwyrnodd yn enbyd.

"Bydd lonydd, Pero," meddai Nest, ac ymdawelodd y ci yn y fan.

"P'nawn da i chi, Miss Wynne," meddai y gŵr ieuanc gan godi ei het.

"Sut mae Syr Harry, a Mrs. Mervyn?" gofynnai Miss Wynne.

"Maent yn iach, diolch i chi. A gaf fi eich cynorthwyo gyda'r gorchwyl o hel llus?"

"Rwyf yn meddwl fod gennyf ddigon, diolch i chi, Mr. Mervyn; ac y mae'n llawn bryd i mi droi am adref."

"Byddwch mewn brys bob amser pan fyddaf fi'n agos atoch, Miss Wynne."

"Nid oeddwn yn wybyddus o hynny. Mae'n debyg mai digwydd dyfod y byddwch pan y byddaf ar frys."

"Fodd bynnag am hynny, rhaid i chi glywed yr hyn sydd gennyf i'w ddweud heddiw."

"Os byddwch yn fyr, gwrandawaf arnoch, gan fy mod, fel y dywedais o'r blaen, ar frys."

"Wel ynte, yn fyr, Miss Wynne, rwyf yn eich caru yn angerddol, ac yn cynnig fy hun i chi yn briod."

Er fod Nest yn disgwyl clywed hyn ers rhai dyddiau, eto pan ddaeth mor sydyn, ni allai ddweud gair am ychydig amser.

Cymerodd William Mervyn ei distawrwydd fel cydsyniad â'i gais, a rhoddodd ei fraich amdani, gan gynnig ei chusanu.

"Mr. Mervyn," meddai Nest, â'i hwyneb yn goch fel ysgarlad, "a ydych wedi anghofio pa fodd i ymddwyn?"

"Byddaf yn anghofio pob peth pan yn agos i chi, fy anwylyd," ac ymdrechodd eilwaith i gael gafael yn ei llaw.

"Peidiwch cyffwrdd â mi, Mr. Mervyn," dywedai Nest, gan gerdded wysg ei chefn; "a chofiwch fod Pero yma, ac nid ydyw'n arfer gweld neb yn ymddwyn fel yr ydych chi'n gwneud."

"Maddeuwch i mi am fy myrbwylltra, Miss Wynne."

"Gwrandewch hyn hefyd, Mr. Mervyn, unwaith ac am byth, ni allaf gydsynio â'ch cais. Rwyf wedi gweld hyn yn dyfod ers peth amser, ac wedi gwneud fy ngorau i'w atal; gwyddoch yn dda nad ydw i'n euog o roddi dim cefnogaeth i chi."

"Roedd eich oerfelgarwch yn fwy o gefnogaeth i mi na dim arall."

"Nid wyf fi yn gyfrifol am hynny."

"Annwyl Miss Wynne, cymerwch y peth i ystyriaeth; rwyf wedi gofyn i chi'n rhy sydyn."

"Pe cymerwn ef i ystyriaeth am flwyddyn, ni allaf roddi atebiad gwahanol i chi."

"Rydych yn caru un arall yn barod," dywedai Mr. Mervyn, gan gau ei ddyrnau'n dyn: "gwae iddo, pwy bynnag yw, gan fy mod wedi penderfynu mai fi fydd eich gŵr ac nid neb arall!"

Ymbellhaodd Nest ychydig drachefn, ac roedd yn diolch i'r nefoedd fod Pero gyda hi, gan ei bod wedi dychryn yn fawr wrth weld golwg mor greulon ar William Mervyn.

"Nid wyf yn gweld fod genych un hawl i fy holi fel hyn, Mr. Mervyn," atebai; "a chan na allwn ni byth ddyfod i'r un feddwl, gwell i ni ymadael heb ychwaneg o siarad."

"Fe allai eich bod, fel yr awgrymwyd i mi, yn briod eisoes."

Edrychodd Nest gyda dirmyg arno, ac yna galwodd ar y ci, a chychwynnodd ymaith. Ond cyn iddi fynd nepell, gafaelodd William Mervyn yn ei gŵn gwyn, a disgynnodd ar ei liniau o'i blaen.

"Miss Wynne annwyl, fy lili wen, byddwch drugarog wrthyf, peidiwch â'm gyrru ymaith yn ddiobaith. Ni bydd fy mywyd yn werth yn y byd, heb eich cael chi i gydfyw â mi. Fy anwylyd, perwch i mi obeithio."

"Cyfodwch i fyny, Mr. Mervyn, rydych yn diraddio dynoliaeth wrth ymddwyn fel hyn, a buaswn yn fwy anhrugarog wrth beri i chi obeithio, a minnau'n gwybod yn eithaf na sylweddolid y gobaith hwnnw byth."

"Wel, p'nawn da, Miss Wynne, ac rwyf yn eich rhybuddio, os gwelaf chi yng nghwmni gŵr ieuanc arall, na fyddaf yn atebol am fy ymddygiadau."

Wedi dweud hyn, aeth William Mervyn ymaith yn chwyrn drwy y coed, a gwnaeth Nest a Pero y gorau o'u ffordd adref.

XII.
Mesmeriaeth

"Dyma'r *postman* yn dyfod," meddai Miss Roberts wrth Nest bore drannoeth. Nid oedd Nest wedi codi mor fore ag arfer y diwrnod hwnnw: roedd geiriau ac ymddygiad William Mervyn y diwrnod cynt wedi peri iddi golli ei chysgu drwy'r nos. Aeth Miss Roberts i'r drws i dderbyn y llythyr, a rhoddodd ef i Nest.

"Agorwch chi ef, Modryb, a darllenwch ef allan," dywedai Nest, gan ei estyn yn ôl.

Gwnaeth Miss Roberts fel y dymunwyd, a darllenodd:

"Annwyl Miss Wynne,
Yfory neu drennydd daw dynes ieuanc i Bryndu, dan yr argraff fod arnoch eisiau gwniadwraig: cymerwch hi mewn, a rhoddwch waith iddi. Mae pethau'n dyfod ymlaen yn gampus. Byddaf innau yna ymhen yr wythnos.
Eich ufudd was,
Johns."

"Bydd yn dda gennyf weld pen ar hyn," meddai Nest; "y mae'n hynod o anhyfryd byw dan gwmwl ac ynghanol dirgelwch. Mae ymweliadau Johns yn peri cryn lawer o chwilfrydedd yn yr ardal; rhai'n meddwl mai fy ngŵr i ydyw, ac eraill mai eich gŵr chi," chwarddai Nest.

"Buaswn yn meddwl wrth y llythyr hwn y daw goleuni ar y dirgelwch yn fuan iawn. Gwell i mi fynd i ddweud wrth Sarah, er mwyn iddi baratoi lle iddi. Ni fydd raid i neb wybod nad ydym wedi anfon amdani yma i wnïo."

"Na fydd. Gobeithio y daw Johns yma yn fuan rhag ofn iddi fynd ymaith ar ein gwaethaf."

"Nid ydw i'n meddwl fod Johns yn ofni hynny o gwbl, neu fuasai wedi rhoddi ryw gyfarwyddyd yn y llythyr."

"O, fel rwyf yn hyderu y daw'r gwir i'r amlwg y tro yma! Ac eto, rwyf yn gofidio'n fawr dros y greadures os hi yw'r llofrudd. Beth barodd iddi wneud y weithred erchyll, tybed?"

"Fe allai mai allan o'i synhwyrau roedd, Nest."

"Fe allai'n wir. Ni ddarfu i mi feddwl am hynny o'r blaen."

Gyda'r nos drannoeth daeth dynes ddieithr at ddrws Bryndu, a dywedodd ei bod yn deall fod eisiau gwniadwraig yno, a'i bod wedi dyfod i gynnig ei gwasanaeth.

"Oes, mae arnom angen am eich gwasanaeth; deuwch i mewn," atebai Miss Roberts. Aethant i'r parlwr bach, ac archodd Miss Roberts i Sarah ddyfod â the i mewn yno.

"Beth yw eich enw?" gofynnai i'r wraig ddieithr.

"Maria Reveré," atebai hithau. Dynes ieuanc, denau, lwyd ydoedd, â llygaid duon mawrion, a gwallt du crych. Roedd olion prydferthwch mawr i'w gweld ar ei gwedd, ond fod gofid neu dymer afrywiog wedi ei ymlid ymaith yn rhy fuan. Ni ddaeth Nest i'r golwg y noson honno. Roedd ei theimladau mor gynhyrfus, fel y barnodd Miss Roberts mai gwell ydoedd iddi beidio mynd i ŵydd y wraig ddieithr hyd drannoeth. Aeth wythnos heibio cyn i Johns wneud ei ymddangosiad yn Bryndu, ac roedd Maria Reveré wedi gwneud ei chartref yno, ac wedi mynd drwy lawer o waith. A phan ddaeth Johns, roedd tri arall gydag ef, sef Mr. Smart, y cyfreithiwr, o swyddfa Smart & Stead, Llundain; Proffeswr Stuart, y mesmeriwr; a Roberts, y plismon. Gofynnodd Johns am gadw eu hymweliad yn ddiarwybod i'r dieithryn, a galwodd Nest a Miss Roberts atynt i'r parlwr i wybod y manylion hyd yn hyn. Daeth y ddwy foneddiges i'r ystafell, ac wedi'r cyfarchiadau arferol, dechreuodd Johns ar ei hanes.

"Dilynasom hanes y fenyw honno roeddem yn sôn amdani wrthych cyn i chi ddyfod yma, ac roedd rhai pethau yn yr hanes yn gwneud iddi ymddangos yn fwy amheus bob tro yr awn i gyfarfyddiad â hi. Yna gelwais gyda Proffeswr Stuart i ofyn ei farn, ac i gael ei wasanaeth yn y mater. Roedd gennym anawsterau mawr ar ein ffordd, ac roedd yn rhaid i ni fod yn hynod wyliadwrus. Fodd bynnag, cefais wybod ei bod yn arfer mynychu *Music Hall* i gyngherddau; a chynhigiodd fy nghyfaill ein bod yn ei gwylio ac yn ei dilyn yno, a chymryd ein heisteddle o'r tu ôl iddi mor agos ag y gallem ati, gyda'r pwrpas o'i mesmerio yn y fan a'r lle. Buom am bum noson wrth yr *Hall* yn disgwyl ei gweld yn mynd i mewn, ond nid oedd golwg ohoni, a dechreuasom ofni ei bod drwy ryw fodd wedi clywed am ein bwriad yn ei herbyn. Ond y chweched noson, nos Sadwrn, daeth yno, a dilynasom hi i mewn. Cawsom le i eistedd ar y fainc y tu ôl iddi, yn y lle chwech[*]. Chwi welwch mai un o wlad estronol ydyw, ac y mae'n bur debyg yn hoff o gerddoriaeth, os nad ydyw yn gantores ei hun. Wedi eistedd hyd nes roedd hanner y gyngerdd drosodd, meddyliodd y Proffeswr ei bod yn llawn bryd iddo ddechrau ar ei waith. Roedd un peth yn gweithio o'n plaid, sef ei hastudrwydd yn gwrando ar y darnau a genid. Arhosodd Proffeswr Stuart hyd nes roedd wedi sefydlu ei meddwl yn hollol ar y gân, ac yna edrychodd yn ddyfal arni o'r tu ôl, a chododd ei ddwylo unwaith neu ddwy wrth ei phen. Nid oedd neb yn sylwi ar ei symudiadau; mewn lle rhad mewn *Music Hall* isel, cawsech sefyll ar eich pen heb i neb sylwi fawr arnoch. Ymhen ychydig gwelsom y ddynes yn syrthio yn ôl fel mewn llewyg, cododd y Proffeswr a minnau ar frys i'w dal i fyny, gan gymryd arnom ein bod yn tybied mai gwres oedd wedi effeithio arni; ond wrth ei gweld yn hir heb ddadebru, cariasom hi allan o'r neuadd. Daeth rhai o'r

---

[*] Oherwydd mai pris tocyn oedd chwe cheiniog.

merched oedd yno i gynnig ein cynorthwyo, ond dywedodd y Proffeswr ein bod yn ei hadnabod, ac nad oedd arnom eisiau neb. Aethom â hi i dafarndy gerllaw, ac i barlwr o'r neilltu, gan roddi ar ddeall nad oedd neb ar un cyfrif i ddyfod i mewn yno atom. Wedi ei rhoddi i eistedd ar gadair freichiau, gwnaeth y Proffeswr amryw *passes* gyda'i ddwylo gyferbyn â'i hwyneb er mwyn trymhau'r cwsg, ac yna dechreuodd holi amryw gwestiynau. Cofiwch, ni ddywedodd air am y llofruddiaeth, nac enw neb o Blas Llwyd: roedd Proffeswr Stuart yn barnu mai gwell oedd gadael llonydd i bob peth ynglŷn â'r llofruddiaeth hyd adeg ddyfodol. Deallasom mai dynes Ffrengig ydoedd, wedi ei geni a'i magu yn Boulogne, a'i bod wedi arfer canu yn gyhoeddus mewn chwaraedai a lleoedd eraill. Dyna swm a sylwedd yr oll a wyddom amdani ar hyn o bryd, a'r prif beth oedd gan y Proffeswr mewn golwg wrth ei mesmerio oedd rhoi yn ei phen i ddyfod yma. Onid ydw i wedi dweud yr hanes yn iawn, Proffeswr Stuart?"

"Ydych, yn hollol gywir, Mr. Johns," atebai'r Proffeswr.

"A ydyw hyn yn bosib?" gofynnai Miss Roberts.

"Beth?" gofynnai Johns.

"Awgrymu i un fydd wedi ei fesmerio i wneud rhywbeth, ac yntau yn cyflawni hynny wedi iddo ddeffro?"

"Ydy," atebai Proffeswr Stuart, "ac mae lle i ofni fod y gallu yma'n cael ei gamddefnyddio'n fawr. Clywais unwaith am eneth yn rhoddi gwenwyn yn bwyd ei mam, yr hyn oedd wedi cael ei awgrymu iddi pan wedi ei mesmerio."

"Rhyfedd iawn," atebai Miss Roberts. "A ydyw y wraig ddieithr wrth y tŷ, Miss Mervyn?" gofynnai Mr. Smart.

"Ydy, mae yn y parlwr bach. Pa un ai galw arni yma, ynte i chi fynd i'r ystafell arall fyddai orau?" gofynnai Nest.

"Rwyf yn meddwl mai mynd fy hun i'r ystafell arall fyddai orau, a galwaf arnoch chi, Mr. Johns, a Mr. Smart, pan y bydd yn barod i ateb cwestiynau," meddai Proffeswr Stuart.

Arweiniwyd ef i'r parlwr bach gan Nest. Roedd y ddieithr yn eistedd wrth y ffenestr, ac yn edrych drwyddi ar yr ardd, a'r olygfa ysblennydd oedd i'w gweld ar y wlad o amgylch. Ni chlywodd neb yn dyfod i'r ystafell, ond digwyddodd droi ei phen, a chanfod llygaid y Proffeswr yn syllu arni. Adnabyddodd ef yn y fan, a rhoddodd sgrech, gan godi'n frysiog megis i ddianc o'i wŷdd. Roedd yn teimlo'i hun yn hollol o dan ei ddylanwad, ac yn arswydo wrth ei weld. Dychwelodd Nest at y lleill i'r parlwr arall, ni allai oddef yr olygfa o weld menyw ieuanc fel hon yn cael ei hamgylchu â rhai'n disgwyl ei phrofi'n euog o farwolaeth.

"Y mae hyn yn groes iawn i fy nheimladau, Mr. Smart," meddai, "a byddaf weithiau bron a dweud i bob ymchwiliad gael ei roddi heibio."

"Ni fuasai hynny'n ddoeth, Miss Mervyn," atebai Smart. "Cofiwch fod enw eich tad yn ogystal â'r eiddoch eich hunan o dan gwmwl."

"Pe buasai neb ond fy hunan yn dioddef, buaswn wedi rhoddi pen ar y cwbl ers llawer dydd."

"Rhaid i gyfiawnder gael ei ffordd, ac yn fuan neu'n hwyr daethai y cwbl allan," meddai Johns.

"Mae'n debyg fod ganddi ryw achos mawr i'w chymell i gyflawni'r weithred," dywedai Miss Roberts, "ac fe fydd hynny o'i phlaid. Er pan y mae yma y mae'n ymddangos yn fwyn a gostyngedig, ac yn wahanol iawn i un a fuasai'n cyflawni llofruddiaeth. Nid ydw wedi sylwi chwaith fod unrhyw ddiffyg ar ei synhwyrau, er ar yr un pryd y gall fod yn ddryslyd ar rai adegau, ac yn bwyllog ar adegau eraill."

"Mae'n wir ddrwg gennyf drosti, ac rwyf yn teimlo fel pryf copyn wedi gweu ei wê, ac wedi denu y pryfyn iddo i'w ladd. Daeth hi yma'n ddigon difeddwl drwg, a derbyniais i hi i mewn, gan wybod mai ei rhwydo roeddwn wrth wneud hynny. Mae'r teimlad yn annioddefol."

"Dewch allan gyda mi i'r ardd, Nest, i gael awyr iach i glirio'r cymylau oddi ar eich meddwl," meddai Miss

Roberts, gan gymryd gafael ym mraich yr eneth: "rwyf yn sicr y gwna Mr. Smart a Mr. Johns ein hesgusodi, a bydd Proffeswr Stuart yn galw amdanynt yn fuan. Dyma fe'n dod."

Aeth y ddau ddyn gyda'r Proffeswr, ac aeth Nest a Miss Roberts allan. Pan ddychwelodd y boneddigesau i'r tŷ, cawsant y tri bonheddwr yn eistedd yn y parlwr. Edrychent yn ddifrifol iawn, ond ni cynhigiodd yr un ohonynt roddi unrhyw eglurhad i Nest a Miss Roberts. Yn unig dywedodd Johns ei fod wedi rhoddi clo ar y parlwr bach hyd nes y deuai ef a Roberts y plismon yno drachefn. Gwnaeth Mr. Stuart ardrefniant iddynt oll gyfarfod yn Plas Llwyd am ddau o'r gloch prynhawn drannoeth, ac y gofalai ef am hysbysu Dr. Jones, y meddyg oedd yn tystiolaethu yn achos Pugh Mervyn, a Mr. Hughes, cyfreithiwr teulu Plas Llwyd, a dymuno ar iddynt roddi eu presenoldeb yno ar yr un adeg.

XIII.
Y llofrudd: Pwy ydoedd?

Ym mharlwr Plas Llwyd prynhawn drannoeth eisteddai'r personau canlynol: Miss Wynne a Miss Roberts, Bryndu; Mrs. Mervyn, Syr Harry Mervyn, a William Mervyn; Mr. Smart, a Mr. Hughes, cyfreithwyr; Dr. Jones, Proffeswr Stuart, a Johns y *detective*.

Cododd Mr. Smart i ddarllen papur oedd ganddo yn ei law, ond cyn iddo ddechrau dywedodd Mrs. Mervyn,

"Esgusodwch fi; ond gan mai mater teuluol sydd i fod o dan sylw, fel yr ydych wedi awgrymu, rwyf yn methu deall yr angenrheidrwydd am bresenoldeb Miss Wynne a Miss Roberts."

"Maddeuwch i mi, *Madam*, am feddwl yn wahanol. Y mae presenoldeb Miss Wynne yn anhepgorol angenrheidiol, a chan ei bod yn dymuno cael ei modryb gyda hi, rhaid dangos cymaint â hynny o ffafr iddi.

"Cyn i mi ddarllen y papur hwn, rhaid i mi ddweud gair neu ddau mewn eglurhad arno. Fel rydych i gyd yn gwybod i John a Nest Mervyn gael eu cyhuddo o ladd Pugh Mervyn, yn y cwest, ac yng nghyfarfod yr ustusiaid, a'u gollwng yn rhydd yn y frawdlys. Nid oedd eu gollwng yn rhydd yn clirio eu henwau oddi wrth y staen a roddwyd arnynt; ac ni orffwysodd Miss Mervyn na'i chyfeillion hyd nes y cawsant afael ar y gwir lofrudd. Y mae agos i dair blynedd wedi mynd heibio er pan y cyflawnwyd y llofruddiaeth; ond drwy egni diorffwys mae'r llofrudd wedi ei gael, a dyma'r gyffes a ysgrifennwyd, gennyf fi, air yn air fel y llefarwyd ef. Dylaswn ddweud mai drwy gymorth mesmeriaeth y daeth hyn allan. Mesmeriwyd y llofrudd ddwywaith, a'r ail dro cafwyd allan y modd y gwnaeth y weithred, a'r hyn a barodd iddi ei gyflawni."

"Iddi?" gofynnai William Mervyn.

"Ie, benyw yw y llofrudd. Yn awr mi a ddarllenaf y papur, ac rwyf fi yn dymuno cael llonyddwch i'w ddarllen drwyddo; ac os bydd gan rai ohonoch rywbeth i'w ofyn, gwnaf ei ateb gyda phleser ar y diwedd:

"Dyma fy nghyffes i, Maria Reveré; ac rwyf yn tystio gerbron Duw fod pob gair ohono'n wir. Ganwyd fi yn Boulogne, ac rwyf yn hanu o deulu lled gyffredin. Bûm yn gwasanaethu mewn teulu cyfrifol am bedair blynedd, ac roedd fy meistr yn gerddor gwych. Pan ddeallodd fod gennyf lais canu clir a chryf, cymhellodd fi i wneud defnydd ohono; a thalodd am fy addysg mewn cerddoriaeth. Bûm yn llwyddiannus iawn, ac roedd gennyf ddigon o edmygwyr ymhlith y dynion ieuainc. Roedd un yn neilltuol yn ei ymlyniad wrthyf. Bob tro y byddwn yn canu byddai ef yn sicr o fod yn bresennol, a deuai i'm hebrwng adref. O'r diwedd, gofynnodd a wnawn ei briodi; a dywedodd ei fod o deulu da, ac yn aer i etifeddiaeth yng Nghymru. Wedi hir ymbil ar ei ran ef, cydsyniais i'w briodi; ac yna dywedodd wrthyf y byddai'n rhaid cadw'r briodas yn ddirgel am beth amser, rhag iddo gael ei ddietifeddu gan yr hen ŵr. Yn fy ffolineb cydsyniais i hyn hefyd; ac ymhen y ddeuddydd roeddem yn ŵr a gwraig. Treuliasom dri mis hyfryd wedi hynny yn Venice: roedd yn nefoedd ar y ddaear i mi. Ymhen y tri mis daethom yn ôl i Boulogne, a dwedodd fy ngŵr y byddai'n rhaid iddo dalu ymweliad byr â'i gartref. Aeth ymaith gan addo gwneud ei orau drosom gyda'r hen ŵr, ac i ddychwelyd i Boulogne ymhen dau fis. Aeth llawer o amser heibio: ganwyd bachgen i ni, ac nid oedd fy ngŵr wedi dychwelyd; a dechreuais ofni ei fod wedi fy ngadael. Roeddwn yn dechrau mynd yn brin o arian, ac ni allaswn fynd allan i ganu i ennill fy mywoliaeth, oherwydd fy mod wedi bod mor wael ar enedigaeth y baban. O'r diwedd penderfynais fynd i Loegr i chwilio amdano, a deuthum i â'r plentyn gyda mi i Lundain. Yn ffodus, roeddwn yn gwnïo yn gampus, a chefais le mewn swyddfa. Un diwrnod, pan yn dychwelyd adref o'r Swyddfa, gwelais fy ngŵr yn rhodio gyda chyfaill ar hyd un o heolydd y ddinas; dilynais hwynt, a chefais y pleser o weld y cyfaill yn mynd ymaith ffordd arall. Rhedais i fyny ato, a gofynnais a oedd wedi fy anghofio? Roedd wedi cythruddo'n fawr, a dwedodd nad oedd yn bosibl iddo fy arddel ar y pryd, ac yr anfonai arian i roi at fyw ond i mi fod yn llonydd. Ni wnaeth hynny ond ryw ddwywaith, a bûm innau'n wael drachefn. Yr oriau hwyr y byddwn yn gwnïo, a'r lle myglyd yn effeithio arnaf. Pan ddeuthum ychydig yn well, nid oedd gennyf ond ychydig sylltau yn fy meddiant, a gwneuthum benderfyniad eofn i fynd i Gymru i chwilio am dad fy mhlentyn. Nid oedd wedi dweud ei enw priodol wrthyf; William Douglas oedd yr enw a roddodd i mi; ac nid oedd erioed wedi rhoddi ar ddeall ym mha ran o Gymru yr oedd ei gartref. Trwy gryn lawer o drafferth des i wybod ei wir enw; ac wedi cael yr enw cerddais bob cam i Gymru, gan adael y plentyn yng ngofal cymdoges i mi yn Llundain. Gwnes ymholiadau o fan i fan yng Nghymru; ac o'r diwedd bûm mor llwyddiannus a dyfod o hyd i gartref fy ngŵr. Fel roeddwn yn mynd at y plas cyfarfyddais ef mewn cae, a phan ddwedais wrtho fy mod wedi dod i chwilio amdano aeth yn gynddeiriog, a dywedodd y gwnâi fy rhoddi yn y ddalfa. Dwedais wrtho fod ei blentyn bron a marw o newyn a fy mod innau wedi bod yn wael; ond nid oedd dim yn tycio, roedd yn rhaid i mi addo mynd yn ôl i Boulogne, ac y gwnâi ef ofalu y cawn arian yn rheolaidd. Collais fy nhymer a dywedais bethau chwerwon wrtho, a dywedodd yntau nad oedd ein priodas yn briodas o gwbl yn ôl deddf Lloegr, ac mai caredigrwydd â mi oedd ei waith yn anfon arian o gwbl. Dwedais y gwnawn ein priodas yn gyhoeddus i'r byd, ac ar hyn rhoddodd hergwd i mi ac aeth ymaith. Roeddwn yn wallgof, ni wyddwn beth i'w wneud, nac i ba le i fynd, ac ar y ffordd gwelais dŵr adfeiliedig: euthum i mewn iddo ac i fyny'r grisiau. Roedd yn dda gennyf gael congl i orffwys o olwg pawb. Pan yn dechrau hepian meddyliais fy mod yn clywed sŵn troed; codais i fyny a gwelais fy ngŵr yn dyfod drwy'r coed. Ni wn beth oedd wedi fy meddiannu, ond mewn eiliad cymerais garreg o'r mur a gollyngais hi ar ei ben, a syrthiodd yntau ar ei wyneb. Dychrynais pan welais yr hyn a gyflawnais, ac euthum ymaith oddi yno heb wybod yn iawn i ba le. Ni ddilynais lwybr o gwbl, ond cymerais fy ffordd ar draws gwlad drwy gaeau a thros gloddiau fel pe buaswn yn dilyn helwyr. Cyrhaeddais Lundain, a chefais waith drachefn yn y swyddfa. Gwelais hanes y llofruddiaeth, a gwelais hefyd mai rhai o'r teulu oedd yn cael eu cyhuddo. Yr wyf yn tystiolaethu fod yr oll a ddwedais yn wir, ac mai Pugh Mervyn oedd fy ngŵr a thad fy mhlentyn. Gobeithio y caf drugaredd am y weithred a gyflawnais.

"Arwyddwyd,
"Maria Mervyn,
"*nee* Maria Reveré."

"Celwydd bob gair," meddai Mrs. Mervyn gan godi'n sydyn; "rhyw stori ydyw, wedi'i wneud gyda'r bwriad o gael arian allan ohonom."

"Mae pob prawf o blaid i'w dilysrwydd gennym, *Madam*," atebai Mr. Smart.

Rhoddodd Mrs. Mervyn sgrech, a syrthiodd yn ôl i'r gadair.

"Mae gennyf un gorchwyl hapus i'w gyflawni cyn ymadael," ychwanegai Mr. Smart; "chi welwch fod enwau Mr. John Mervyn a'i ferch wedi eu clirio yn wyneb cyffes y fenyw anffodus hon; ac rydw, gyda'r hyfrydwch mwyaf, yn cyflwyno i chi, Syr Harry Mervyn, eich wyres, merch eich mab, Miss Nest Wynne Mervyn, o Fryndu."

Teyrnasodd distawrwydd drwy'r lle am rai eiliadau: roedd y rhai oeddynt heb fod yn y gyfrinach wedi eu taro â syndod. Y cyntaf i symud oedd Syr Harry: cododd o'i gadair ac aeth at Nest, gan estyn ei law tuag ati. Ni ddywedodd y naill na'r llall un gair, ond roedd eu llygaid yn llawn dagrau fel y safent law yn llaw. Yr hyn a redai drwy feddwl William Mervyn oedd cyflawniad proffwydoliaeth yr hen Feti'r Berth—y byddai iddo fod ar ei liniau o flaen Nest.

Cyn diwedd y mis roedd cyfnewidiadau mawrion wedi cymryd lle. Roedd Maria Reveré yn y carchar yn aros ei phrawf, ac anfonwyd arian i Lundain gan Syr Harry i roddi'r bachgen bach, plentyn Pugh Mervyn, mewn *Orphanage*. Ymadawodd Mrs. Mervyn a'i mab o Blas Llwyd ymhen yr wythnos wedi i holl fanylion y llofruddiaeth gael ei wneud yn hysbys; ac nid ydynt yn dod yn ôl, ond rhoddodd Syr Harry flwydd-dâl o dri chant o bunnau iddynt i'w galluogi i fyw uwchlaw eisiau. Wedi iddynt ymadael, daeth Nest a Miss Roberts i fyw i Blas Llwyd, ac roedd yr hen ŵr fel petai wedi adnewyddu ei ieuenctid yng nghymdeithas ei annwyl wyres. Daeth Fred Vaughan o Lundain amryw weithiau i ddeisyfu arni gyflawni ei haddewid, ond ni wnâi Nest ymadael â'i thaid tra y byddai byw, a'r penderfyniad y daethpwyd iddo oedd iddynt briodi yng Nghricieth, ac i Nest barhau i fyw ym Mhlas Llwyd. Felly y bu; ac ni welwyd y fath lawenydd a rhialtwch ym Mhlas Llwyd erioed ag oedd ar adeg priodas Fred Vaughan a Nest Mervyn. Siaradai Nest a'i thaid lawer am ei thad, adroddai yr hen ŵr ei hanes pan yn fachgen gartref, a'r loes a gafodd pan y gadawodd ei gartref am byth.

"Ond mae'n well gennyf feddwl ei fod wedi ymddwyn yn wyneb-agored fel y darfu, er iddo gael ei ddietifeddu, na chadw ei briodas yn ddirgelaidd fel y darfu i Pugh Mervyn wneud. Onid ydyw'n rhyfedd, Nest, i ddau etifedd Plas Llwyd gael eu hamddifadu o'r etifeddiaeth oherwydd priodi?"

"Ydy; ac eto nid oedd un cymhariaeth o gwbl yn y ddwy briodas. Roedd fy nhad yn hapus, a Pugh Mervyn yn annedwydd."

"Rhaid i mi gyfaddef, Nest, fod eich mam yn eithriad i ferched y wlad. Ond credwch fi, mai peth annoeth iawn ydyw ymuno ag un uwch, neu is, na chi mewn sefyllfa gymdeithasol. Er hynny, mae'n edifar gennyf byth fod wedi ymddwyn mor galed tuag at John."

Sychodd yr hen ŵr ddeigryn oddi ar ei rudd, a chymerodd Nest afael yn ei law.

"Fy nhaid annwyl, rydych wedi gwneud pob peth a allasech mewn ffordd o iawn. Cofiwch mor ddedwydd y gwnaethoch oriau olaf fy nhad drwy eich gofal amdano, a thrwy adael iddo wybod eich bwriad o adael Plas Llwyd i mi."

Roedd Syr Harry Mervyn wedi dweud wrth Nest y diwrnod cyn iddi briodi mai hi oedd ei etifeddes; ac yn ôl yr ewyllys roedd Fred Vaughan i gymryd yr enw Mervyn at ei enw ei hun pan fyddai'r etifeddiaeth yn syrthio i'w feddiant ef a Nest. Dedfrydwyd gwraig Pugh Mervyn i bum' mlynedd o benyd wasanaeth; ond ni bu fyw wedi ei dedfrydu ond un flwyddyn. Addawodd Nest wrthi pan aeth i ymweld â hi y gwnâi ofalu am y bachgen bach, i'w ddwyn i fyny i ryw alwedigaeth; a bu yn un â'i gair.

Cafodd yr hen farwnig fyw i fagu John Mervyn yr ail ar ei lun, bachgen Fred Vaughan a Nest, a holl hyfrydwch ei ddyddiau olaf oedd gweld y bychan gerllaw iddo yn chwarae ac yn ymgeisio i siarad ag ef.

DIWEDD

Ar gael hefyd o www.melinbapur.cymru

T. Gwynn Jones
Lona

"Dewines, duwies, drychiolaeth, pa beth? Rhywbeth ond geneth gyffredin o gig a gwaed. Bwriodd ei hud drosto hyd na wyddai ef pa beth i'w feddwl amdani. Agorodd ffenestr ei henaid iddo, a dangosodd beth o'r trysor ysblennydd oedd yno, heb yn wybod i neb ond iddi hi ei hun, ac heb ei bod hithau hefyd, o ran hynny, yn gwybod fod ynddo ddim oedd mor brin a rhyfeddol."

Newydd symud i ardal y Minfor yw Merfyn Owen pan, ar siawns, mae'n cwrdd â Lona O'Neil, y Wyddeles brydferth sy'n byw ar gyrion cymdeithas y gymdogaeth. Ond beth fydd goblygiadau eu carwriaeth i safle Merfyn yn y dref - a beth yw cysylltiad teulu Lona â dirgelwch cefndir Merfyn ei hun?

Ar gael yma fel cyfrol am y tro cyntaf ers dros canrif, ac mewn iaith ac orgraff ddiwygiedig, Lona oedd ffefryn T. Gwynn Jones o blith ei nofelau ac hyd heddiw mae'n glasur yn yr iaith.

"Stori serch yw *Lona*, ac mae'n nofel ddarllenadwy hyd y dydd hwn. Mae'r ddeialog a'r naratif yn ystwyth ac yn naturiol."
—*Alan Llwyd*

T. Gwynn Jones
Gorchest Gwilym Bevan

*"Roedd llais torcalonnus Mrs. Tomos, a'i geiriau gwylltion,
'Dacw fo'r dyn starfiodd fy ngŵr i; i lawr â fo!' yn swnio yn eu
clustiau'n barhaus..."*

Mae Gwilym Bevan ar fin taflu'i hun i ddyfroedd y
Tafwys pan gaiff ei achub gan ddieithryn, a chael ail gyfle
ar fywyd. Dychwela i Gymru a chael gwaith yn y chwarel;
a diolch i'w ddysg a'i hyfedredd caiff ei benodi'n
arweinydd gan ei gyd-weithwyr. Ond buan iawn
ymddengys cymylau anghydfod a gormes ar y gorwel.

Bu trydedd nofel T. Gwynn Jones yn garreg filltir yn
hanes y nofel Gymraeg, ac ymhlith y nofelau Cymreig
cynharaf i drafod anghydfod diwydiannol.

"Golygfa lle mae'r haearn yn mynd i enaid ydyw."
—*Cymru*

"Nofel ag iddi neges gymdeithasol a gwleidyddol...
nofel sosialaidd sy'n ymgyrchu o blaid hawliau'r
gweithwyr... Caffaeliad mawr i dwf a datblygiad y nofel
Gymraeg oedd nofelau cynnar T. Gwynn Jones." —*Alan
Llwyd*

H. G. Wells
Y Peiriant Amser

"Eiliad yn ddiweddarach roedden ni ein dau'n wynebu ein gilydd: minnau a'r creadur bregus hwn o'r dyfodol. Daeth yn syth ataf i, a chwarddodd yn uchel yn fy wyneb. Fe'm trawyd yn syth gan y ffaith nad oedd yr un awgrym o ofn ynddo o gwbl."

Un noswaith yn Llundain tua diwedd y bedwaredd ganrif ar bymtheg, mae gŵr ffraeth a hyddysg yn estyn gwahoddiad i grŵp o'i gyfoedion fod yn dyst wrth iddo arddangos ei ddyfais anhygoel newydd: y Peiriant Amser. Gyda hwn, mae'n teithio cannoedd o filoedd o flynyddoedd i'r dyfodol ac yn cael ei hun mewn paradwys, o'r golwg. Pam felly bod popeth i'w weld mewn adfeilion? A beth sy'n llechu dan wyneb y byd rhyfedd newydd hwn?

Nofel gyntaf Herbert George Wells, heb os, yw un o'r portreadau enwocaf o'r dyfodol mewn ffuglen, ac hyd heddiw, mae'n un o'r rhai mwyaf arswydus. Erys yn un o gerrig milltir hanes ffuglen wyddonol.

Y cyfieithiad newydd hwn yw'r tro cyntaf i waith Wells fod ar gael yn y Gymraeg.

www.melinbapur.cymru

Dilynwch ni ar:

X (@melinbapur)
Facebook (@melinbapur)